三民叢刊149

沙發椅的聯想

梅新著

三民書局印行

給女兒的信（代序）

梅新

歲次丁丑大年初一。今天天氣陰霾，冷，窗外雨落不歇。這種天氣唯一可做的事，就是讀書。可是竟日拜年的電話鈴聲不斷，媽媽的學生有從馬來西亞、新加坡打來的。在此情形下，嚴肅的書自然無法入眼，嚴肅的文章更是無法寫。因此我選擇寫信作為新春開筆。談到寫信，也不是輕鬆的事，尤其給長輩寫信，措詞重不得輕不得，十分費神。「中副」歷史悠久，深受學界、文壇重視、熱愛，數十年而不衰。因此主編這樣一份副刊，不僅責任倍感沉重，工作也倍感吃力。譬如說吧，幾乎每天都有前輩們寄來的稿件和信，不適合刊登時，我都會寫一封致歉的信，說明原因，誠懇地請求他們見諒。因為這些前輩，無論在學術界或文壇，都是一方重鎮，處理他們的稿件，絕不能像一般的投稿，一退了之。所以寫信占了我不少時間。

除夕前，接到一位旅居加州的前輩的來信，他在美國某著名大學任教數十年，造就美國漢學家無數。信後他署的是中國紀年「丙子」，這使我想起中國歷史上的諸多劫難，以及中國紀年的「美妙」之處，譬如「甲午戰爭」、「戊戌變法」，感覺上它使時間與事件完全切合在一起，是很文學的。如果將民國三十六年發生的「二二八」，寫入史書時，書為「丁亥二二八」，豈不清楚明瞭，而不累贅？你媽說妳姊弟倆都懂得干支紀年的算法，它也是西方人研究中國文化該了解的一部分，有機會與美國同學相聚時，不妨替他們上一課。中國農曆干支紀年以及二十四節氣計算時序遷移是很精準的。

每逢過年，小時候發生在周邊的事，總會不期然地浮現在心頭。也不妨與妳說一說。妳在家時，一定曾經聽我說起過，今日妳再聽，當然不再是新鮮事了。可是在我，它卻永遠不會變老，永遠那麼鮮活地出現在我的眼前。

我不了解別人過年的意義是什麼，我卻清楚地知道它是「結算帳冊」，向親人、長輩報告一年的盈收和置產的日子。記得小時候，每年年初一，父親總會準時出現外祖家，來外祖父家拜年。我因三歲亡母，即寄養在外祖母家，一年難得見父親一面，這天下午無論我如何貪玩，我都會留在家裡，現在想來，不見得是因為早熟，了解親情的可貴，可能還是為了壓歲錢。拜年之外，父親最重要的一件事，就是向外祖父報告去年一年的糧收和置產情形。我們家原本很窮，貧無立錐之地，形容的就是那時我們那樣的家庭。我們家以後能成為小康之家，全是父親一年一小塊地一小塊地累積起來的。有年年荒，沒買什麼田，只買了一頭牛，父親顯得十分沮喪，好像愧對外祖父、母，一直低著頭，不敢直視面前兩位最關心他的至親長者。外祖母急忙在旁勸慰他：「有添就好，有添就好，身體健康最重要。」每次父親報告這些的時候，臉上絲毫看不出什麼得意之色，或為了顯耀什麼，似乎它是一種責任，外祖父無形中則成了那責任的監督者、檢視者。

雖然我和妳媽生活很單純，人不欠我，我不欠人，賺的是死薪水，除了生活，一年難得剩下幾文；可是小時候刻鏤的印象：過年是「結帳算帳」的日子，這種觀念一直根深柢固的留在我的腦中。

今年我打算出兩本書，一本是雜文集，一本是詩集。雜文集裡有散文，有評論，有人物專訪，所以跟一般的「方塊」雜文不同。與其說是雜文，還不如說它們是「詩餘」，因為它們是我詩創作之餘所寫的文章。我在前一冊詩集《家鄉的女人》出版時說過，詩創作的風格大致是五年一變，當然也有十年廿年不變的，因此我說每隔五年出版一本詩集是最恰當的。今年正好是《家鄉的女人》出版第五年，如果把過去五年發表的詩統統收成一個集子，恐怕嫌太厚。詩集不宜厚，應以質取勝，過厚的詩集，反而覺得醜，覺得笨，缺乏美感，詩的精緻沒有了。

計劃利用未來幾天過年的時間整理書稿，不禁使我想起年輕時去幾位老師家拜年，見到小書房裡開著電暖器，埋頭著書的情景。那感受十分強烈，至今難忘。那時好幾位老師都是身負重任的新聞工作者，其中一位就是曾任中央日報社長，名小說家彭歌先生，他已移居美西多年，不過常有文章出現在國內報章。新聞工作者的忙碌情形，妳應該不陌生，我來中央日報副刊之前，在聯合報編新聞版的時候，好幾年的年夜飯，都是等不及你們吃完，我就匆匆趕去上班。記得有一年，我遲到了十來分鐘，延遲了幾分鐘發稿，還被排字房的人抱怨了好半天，因為他們住得遠，提早到，希望趕快檢好字，排好版，好回家過年，我那裡知道他們是「廢食忘寢」的來工作的呢！新聞人能用在自己興趣上的時間，幾乎全靠撿零碎。只有過年這幾天，算是比較完整的，所以倍感珍惜。有一年初五，到彭歌先生家拜年，新聞之外，因我們都從事文學創作，是同好，話題比較多，所以常常會多坐一會。他告訴我，在過去的五天中，他已翻譯了五萬字，過完年，便可以將整本書的譯稿交給出版社了。在新聞界，彭歌先生向有快手美譽，他翻譯的《天地一沙鷗》風靡全國，好書沒有新舊，值得妳一讀。在勤於利用時間方面，我非常希望你們姊弟倆能向你們媽媽學習，不是嗎？每天無論我什麼時候回家，她如果不是在忙家事，總看見她坐在書桌前，埋首著述或研讀，我們不在她一定不會開電視。

去年我邀余光中教授以貴賓身份出席「中副下午茶」，細敘創作經驗，在兩個小時的談話中，有兩句話我聽得特別出神，他說：「事業是忙出來的，文學是閒出來的。」大陸電視劇《北京傳奇》描寫清末民初天橋藝人的故事，男主角程天韻告訴他的同夥：「假若天橋沒有那批閒人，那有天橋的藝術？」如此說來，閒時間和閒人，都是文學和藝術的催生者。我就是太忙，數十年來根本沒有余光中所謂的「閒」可以好好經營文學，這就是我產量不多的主要原因。而我之所以對自己還不至完全交白卷，套用大陸人慣用的語言，是「抓緊」每分鐘可用來寫詩的時間，在車上、在睡前、在盥洗間，我的每首詩，都是利用零零碎碎的時間完成的。

從事文學創作大半輩子，對文學不能無言。而基本上我是個純粹的創作者，所言則多不成體系。不過無論文壇如何紛擾，我始終不受影響，堅持自己要堅持的，什麼超現實主義，後現代主義，詩的風格既然是以原創為貴，又何必去撿拾這些在西方已不再新鮮的牙慧呢？所以「亂中有序」，細心的讀者可以讀出我的堅持和揚棄。我一向認為文要見性，詩要見情，性情兼備，是文學的至高境界，時下的許多詩文，是既無性又無情，那就可以棄置不顧了。

回憶父親終年忙碌，無非為了年終有帳可結，有帳可算，這是我父親留給我的永遠無法抹去的印象。我也願將此「結帳算帳」四個字轉送給你們姊弟，試想，如果你們將自己每天放在算盤子上划上划下，就不必擔心它不進位了。

沙發椅的聯想　目次

「國寶」女詩人冰心

負責冰心生活起居的人表示，冰心見客規定不得超過十到十五分鐘，時間一到，他就會進來下逐客令。冰心和這位管家，心裏亦有默契，只要看見他進來，知道時間已到，也就自動停止說話，即使話題說到一半，他也會很機警的作了結語。我告訴為我連繫拜訪冰心的朋友，只是十分鐘的禮貌拜訪我不要去，至少能給我半小時以上的時間，才不枉老遠跑一趟，才不枉打擾他老人家。我的朋友說，他只能試試，沒有把握。但結果卻出乎我們意料的佳。

◆冰心是在孫伏園主編的晨報副刊上嶄露頭角，故對副刊有特別感情。

我的朋友告訴那位管家，我是位詩人，是位重要報紙的副刊主編，又是遠從臺灣特地來看冰心先生，要他務必忠實轉告。為了達到目的，我的朋友將我的背景資料全報了出去。我相信這是有必要的。第一，冰心是位知名詩人，詩人對詩人總該格外投緣，第二，我是副刊主編，冰心對報紙副刊想必有一種特別的情感。因為他初入文壇時，是在孫伏園主編的《晨報》副刊上嶄露頭角的。愛屋及烏，對副刊主編也自然分外愛護了。此舉果然管用，他破例允許我們作半個小時的訪問。據一位北京的資深記者告訴我，這是冰心老人近年來接見訪客時間最長的一次。我相信此話不假，因為他的年齡實在是太大了，又是「國寶級」的作家，無論於公於私，中共都有責任保護他。在我們之前，有批福州來的作家，只合照了張像，十分鐘時間一到，就被送出門了。雖然冰心是福州人，有鄉親之誼，亦一視同仁，不留情面。

冰心老人住在北京民族學院教職員宿舍內的「高知大樓」裡，從天安門邊的北京飯店去，有好一段車程。所謂「高知大樓」，顧名思義必需是高級知識分子才能有資格分配到，在北京算是十分高級的住宅區了。它有電梯，又有看管電梯的小姐。我到過此地很多住宅大樓，就是住在七樓八樓也得靠自己的雙腳上下努力。在這裡也許讀者會產生錯覺，以為中共對知識分子，尤其是高級知識分子照顧得特別優厚。其實冰心在大陸的高級知識分子中，待遇相當特殊，並不全因為他是一個知識分子的緣故。像我拜訪過的北大教授金克木的住處，與冰心的房子相比就有天壤之別了。金先生亦已近八十高齡的人了，是大陸碩果僅存的印度哲學專家，在大陸學術界地位極其崇高，北大人聽到金克木三個字無不肅然起敬。但他的居室窄小簡陋，只有一張木板床，一張小書桌，兩把破舊的沙發椅，和一架鬆動的書櫥。但是他卻甘之若飴，絲毫不覺得有不受重視之感。我們中間隔著一塊棋盤，以棋盤權充茶几，足足談了將近兩個小時。金先生的飽學是我在臺灣就聽聞的，原本我想去請他談二三十年代的北大，因為北大的學術聲望是那個時候建立起來的。但他卻與我大談梁實秋、臺靜農、蔣復璁、黎烈文和蘇雪林。蘇先生是抗戰時期金先生在武漢大學任教時同事，他並要我帶個口信回臺灣向蘇先生問好。

◆冰心老人與世紀同齡，但她堅持比世紀大一歲，是上個世紀的人。

冰心老人生於一九〇〇年，有人說他與世紀同齡，但他堅持比世紀大一歲，是上個世紀的人，他似乎以做上一個世紀的人為榮。人是愈老愈念舊，冰心也不例外。我的朋友進入書房就迫不及待的舉起相機要求我們拍照，冰心急著問：客廳的那副對聯拍了沒有。我們說拍了，他也就得意的笑了。原來那副對聯是由冰心自己集自清末詩人龔定庵詩句「世事滄桑心事定，胸中海嶽夢中飛」，然後向梁啟超索字，由梁氏於乙丑年書贈，難怪他特別珍惜了。

冰心的客廳不算大，但很雅致，一邊牆上掛著梁啟超的字，一邊則類似神龕般的供奉著周恩來的畫像。這幅油畫是我見過周恩來像中最年輕也是最俊秀的一幅。畫像的前面，還放著一盆君子蘭。冰心說君子蘭是「周總理最喜歡的花」，同樣的，也是冰心最愛的花。我們在他臥房兼書房的窗口，也看到一盆同樣盛開的君子蘭。冰心說：「看見這花，就像是看見泰而不驕的周總理。」周恩來這個人自有歷史學家去作論斷，而冰心老人所稱揚的「泰而不驕」是多麼高的境界，不知幾人真能做到？

我們在客廳坐了一會兒，拍了幾張照，管家就進來說，「冰心老人請你們進去」。我正苦於見到冰心不知如何稱呼而發愁呢，管家「冰心老人」四個字，觸動了我的靈思，等於及時的指點迷津，解除了我的煩惱。這個稱呼，對冰心而言，沒有比它更恰當了。它比任何先生、女士、教授或者委員，都要好，都要來得妥貼而親切。老實說，也只有像冰心這樣年紀，和這樣聲望的人才受得起這種稱呼。老字，對超過某種年紀的人而言，已不再是年紀的代名詞，而是一種尊敬的意思了。當然這還得需要受人敬仰的特殊條件的配合，如過去的吳稚老、于右老等。

冰心老人坐在大書桌前，雍容大方伸手歡迎我們。他讓我坐在他的身邊說，幾年前摔壞腿，行動很不方便，所以只好勞駕客人到這房子裡談話了。臥房不大，書桌和書櫥佔了一半，兩張單人床佔了另一半。單人床之間放著一架鋁製的、可摺疊的方型支架，需要時冰心可利用這支架在房子內走動。他告訴我，那是旅居美國的一位朋友送他的，十分輕便。

冰心是大陸的國寶級的女作家，臺灣的國寶級的女作家是蘇雪林。他們倆有很多相似之處：他們倆都是九十以上的高齡，一個九十三，一個九十六，論年齡，蘇雪林是大姊；他們倆都曾留學國外，一個是法國，一個是美國。現在在臺灣的年輕男女，留學已不算什麼難事，也不算是什麼稀奇的事，可是回溯六七十年以前，在民智未開的中國，一個女子要上大學念書已非尋常事，更遑論留學。而且他們都是在十多歲時就開始寫作，又都是大學教授。現在我在冰心房裡看見的這只支架，蘇先生處也有一只。蘇先生去年榮獲象徵至高榮譽的「中央日報文學獎」成就獎，今春北來領獎時，就是拄著那只支架來的。所以目睹冰心這只支架，很自然的我就會想起蘇先生。

◆她除行動有些緩慢外，頭腦清晰、思慮精密、辭鋒銳利，而且勤於閱讀寫作。

最令我們欣慰的是，海峽兩岸的這兩塊瑰寶，除了行動有些緩慢和不便捷外，似乎超過常人的好，單是耳聽目明，也許不值得一記，而頭腦之清晰、思慮之精密，談話辭鋒之銳利，反應的機智與幽默，在在令人折服。尤其令人敬佩，自嘆不如的是，他們勤於閱讀和寫作。冰心說，昨天還剛寄出二篇散文給上海的一份雜誌。各處前來索稿的也始終絡繹不絕，不過他不寫應酬文章，只寫他自己要寫的。蘇雪林先生也是，寄給《中副》的每篇文章，無不教人拍案；字跡之小，《中副》年輕編輯看了都深感吃力，如沒有相當眼力是寫不出來的。而冰心老人的視力也仍然非常好，他說他沒事就看書，即使很小的字也難不倒他。

我帶了一盒郭元益的糕餅送他。這雖只是一份薄禮，與大陸人的觀念中臺灣人的錢多得可以滿街撒不能成比例（臺灣前不久電視新聞報導撒錢的事大陸人也曉得）。但這禮物是經過我和我太太多次討論後決定的。過去，北京的小吃中外聞名，臺北的「京兆尹」，賣的還是以北京味、北京的手藝作號召。但我聽說，北京的小吃已大大不如前了，老一輩的人都非常懷念。這回我到北京，就嘗不到像京兆尹那樣的東西。郭元益是臺灣的本土小吃，它的美味不見得比不上當年的北京小吃，我有心讓大陸的老一輩嘗一嘗鄉土風味。我替他剝了一塊綠豆糕，他嚷著堅持要大家一起吃他才吃。他的聲音宏亮，幾近脅迫，逼得大家都拿了一塊。他吃著，不斷說好，「很細，很可口。」

我告訴冰心，我很年輕的時候就讀他的詩，現在在大學教書也常拿他的作品做範例，因為中國的現代詩史，從白話詩邁向新詩，再邁向技巧多變化的現代詩，其間「小詩」一節，冰心扮演了相當重要的角色，是他的作品使「小詩」的風貌鮮明化、具體化。他的兩本詩集《繁星》和《春水》，凡是寫中國現代文學者，都會以重要的章節來討論。意外的是，冰心自己卻堅決不承認它們是詩，他說：「那不是詩，是年輕時思想的記錄，而且都很片段。」我再問他，詩是否應該有韻有平仄，他不假思考的回答說：「當然。無韻那裡成詩。」他雖然放過洋，也在「五四」的時候上過街頭，喊過口號，可是他與老一輩的讀書人一樣，他的文學訓練、他的文學觀，根深柢固是中國傳統的。像在《新青年》發表第一批白話詩的北大教授沈尹默，其作品被胡適捧為新文學革命時期的代表作。結果還是回去和國文系的教授填詞寫絕句唱和比較適應。冰心去年三月發表於大陸人民文學出版社出版的文學刊物《當代》上的八首少年之作「絕句」，雖然所有的詩句全是集自龔定庵的《己亥雜詩》，可是他沒有法子不承認這種「拼七巧板」的遊戲之作，對以後他的創作影響之大。了解了他的文學背景，他的詩觀，主張回歸平仄，那麼《春水》之後就少見他發表詩的創作，是可以諒解的了。

我也寫過一本研究《己亥雜詩》的書。龔定庵的一句「但開風氣不為師」，也深深的影響我的創作，乃至日常工作態度。我也很想向冰心老人討教《己亥雜詩》中許多佛經典故的問題，可惜那天苦於沒有時間，未能如願。

◆冰心另有「男士」的筆名，她說她從小就喜歡惡作劇、穿男裝，竟日和男孩子一塊野。

一般人都不知冰心有個「男士」的筆名。一二十年以前，臺灣對留居在大陸作家作品的出版，還是查禁得很嚴，但是已有出版商按捺不住以改變書名，或變換筆名出版大陸的書。負責書檢的官員，不見得知道冰心還有個非常男性的名字「男士」；而詩人聞一多在抗戰的時候被槍殺案轟動中外，但是很少人知道他的本名叫聞家驊。出版商們就紛紛以「男士」、「聞家驊」等名字出版他們的書，逃過了官員們的耳目。問到他為什麼會取「男士」這樣男性化的筆名時，他說他從小就喜歡惡作劇，喜歡穿男裝，喜歡竟日和男孩子一塊野。為此，他的小舅舅還特地來教他琴棋書畫，教他背書。盼望能改改他的性子，靜下來做個知書達禮的女孩子。冰心說琴棋書畫沒學成，倒是從此愛上了龔定庵、黃仲則的詩，而走文學的路。所以他的「男士」是從小孩子的性格發展出來的。據說抗戰時在重慶，他寫了一系列談女人的文章，很受歡迎。以後就以「談女人」作書名出版了一本書，作者還是署名「男士」。這是一本女人愛看，男人也愛看的書，自然暢銷。當時重慶的女人為「男士」而瘋狂是可以想像的了。冰心收到從各地寄來表示愛慕的信，他最大快樂該是終於嘗到做「男士」的樂趣。

問過「男士」之後，再問「冰心」筆名之由來。他第一次使用冰心作筆名，是一九一九年發表第一篇小說《兩個家庭》的時候。他說，主要是他不願意讓同學們知道。而「冰心」筆劃簡單又好寫，最重要的是和他的本名謝婉瑩的「瑩」字涵義「光潔、透明」相符。除此之外，冰心曾不止一次的說過，他的一生都與大海有不可分割的關係。他是海軍軍官的女兒，他生在福州，又在山東煙臺度過他的童年。他說他對大海，有一種特殊的情感。生活在北京市多年，雖然看不見大海，但只要想到壯闊澎湃的大海，他的心胸就會倏然開朗了起來，寧靜了下來。因此我想他取冰心為筆名，可能他潛意識裡離不開水的關係。

◆冰心的性格喜歡挑戰，看見對方防禦愈嚴密，她的攻擊力就愈旺盛，她的婚姻就是惡作劇的結果。

冰心喜歡惡作劇，他和他先生吳文藻的婚姻，就是惡作劇的結果。這話怎麼說呢？在將近七十年前（一九二四年），吳文藻和冰心同船赴美深造，船在海上這裡靠那裡停，要走一兩個月才能到達新大陸。海上寂寞，大家又全都是年輕人，所以很快就玩在一起，成為知己了。唯獨吳文藻不得「人緣」，一副嚴肅的面孔拒人於千里之外，使人不敢親近。冰心說他的性格喜歡挑戰，看見對方防禦得愈嚴密，他的攻擊力就越發的旺盛。吳文藻躲在自己建造的碉堡裡不出來，他就對準他的碉堡硬攻。不過冰心並未細訴他的攻堡技巧，反正吳文藻很快就投降就是了。所以，冰心以後常對朋友們說起這段趣事，朋友們自然也會打趣的說是他追求吳文藻，是他的攻勢太猛太厲害，使得吳文藻不得不俯首稱臣。他們於一九二九年結婚，前後熱戀了五年，這是北京的朋友告訴我的。起初也許確是冰心有意捉弄的惡作劇，未料竟「玩」出了情感，成為終身伴侶。兩個性格完全不同的人，居然生活在一個屋簷下一輩子，不僅相安無事，而且還十分恩愛。這其中的道理，恐怕真的只有一個「緣」字可以解釋的了。

冰心十分幽默風趣，僅僅半個小時拜訪，我已深深感受到這一點。陪伴我去的朋友告訴我，他九十大壽時，北京市的作家、文化團體為他設宴擴大慶祝。席間致贈他一尊傳統拄杖老壽星塑像，以表敬意。他接過這尊塑像還故做不悅的表情說，為什麼壽星都是男的，而沒有女壽星呢。眾人聽後都愣住了，以為是表錯情了。隨後冰心自己又哈哈大笑起來，大家才鬆了一口氣。

告辭時，已經走出門，我又轉身回去向他說，等您過一百歲華誕時，我們組織一個詩人團來向您拜壽。他搖著手說：「我不知道能否活到那個時候。我已經是廢料、是垃圾了，那還敢談做壽。」我拜訪他的時候，正是國民大會和立法委員「垃圾」「蟑螂」對罵不休的時候。是否冰心看到了這則電視新聞的轉播，我沒來得及問他。

梁實秋的秘密

——遺漏在文學史外的二三事

◆並非「五四」健將而是「新月」時候的人

前不久，現代文學雜誌社創刊二十週年，在臺北再保大樓舉行紀念酒會，應邀出席的海內外作家和學者，將近三百多人。該刊創辦人白先勇、王文興、陳若曦、李歐梵等人，不停地穿梭於客人之間，會場呈現一片祥和的氣氛，真是近十多年來臺北文壇少見的一次聚會。

酒會正式開始前幾分鐘，文壇前輩梁實秋先生帶著夫人靜悄悄地進入會場，在一旁站定。

這時，會場中的麥克風，正好對著梁先生，因此對著麥克風說話的人，恰好與梁先生面對面。所以，當白先勇與陳若曦致歡迎詞時，都說站在梁先生面前，使我們又回到五四時候。一時會場中鬧哄哄的談話聲，突然異常嚴肅起來。這一方面固然是對「五四」的尊敬，另方面也是對梁先生的尊敬。

然而，細究起來，梁先生跟五四並沒有直接的關係。以參與文學活動的盛期開始劃分，嚴格說來，梁先生應該是「新月」時候的人。民國八年發生「五四」時，梁先生尚不足十八歲，那時他在清華預科就讀，相當於現在高中一、二年級的學生。在「五四」這樣大的文學革命運動中，他充其量也不過是個搖旗吶喊的小兵。

誠如他自己有天在閒聊中談起五四時所說：「那有我的份呀，只是拿著小旗亂跑而已。」但是，他與「五四」運動的主使者胡適之先生友誼相當深厚，也許就是這樣，人們加深了他與「五四」的關係。

胡先生和梁先生正式開始交往，是民國十七年在上海一道辦《新月》的時候。辦《新月》是由胡適倡議的，《新月》停刊的善後工作，也是由胡適出面處理的，可是《新月》的編輯人名單中，卻始終不見胡適的名字，其中不無蹊蹺。有天我好奇就向梁先生問起，梁先生告訴我《新月》創刊號出版前，發生一個小插曲。徐志摩為了想藉胡適的名聲，來提高雜誌的知名度，所以就私自作主，署名胡適主編。創刊號的大樣都打出來了，臨時有二位同仁反對，他們的理由是，不願攀胡適的褲腰帶「闖天下」；徐志摩為了不傷朋友和氣，只好自己負起這份雜誌的編輯工作。不過胡適的名字雖然「除名」於編輯之中，但他的友誼卻仍留在這個團體裡，也是這份雜誌的主要撰稿人之一。

徐志摩曾給胡適取了個綽號，私下都叫他「胡聖人」。梁先生下註解似的說，胡先生不能說完全沒有缺點，但人品之高，卻極少見。梁先生說，據他所知，過去在外交界服務過的人，只有兩個人沒有拿主管特支費，一個是曾任外交部長的羅文幹，另一個就是胡適。羅領了，再歸還國庫；胡任駐美大使時，則根本拒領。朋友問他為什麼不領，胡適說該開支的都由國家開支了，還有什麼好特別開支的。特支費雖然規定可以由他自由開支，無須報帳，甚至納入私囊也無人過問，但怎麼說他也不支領這份非分之財。言談之間，《新月》的一群人對胡適的尊敬可見一斑。而胡適先生的思想言行，也或多或少影響了這一群朋友。如翻譯《莎士比亞全集》就是一例。雖然後來由梁先生一人竟其功，但當初卻是由胡適提議，並指定由梁實秋、徐志摩、聞一多、陳西瀅、葉公超五人組成翻譯小組的，而這五人都是《新月》的主流。

胡適對梁實秋等的影響，完全是潛移默化。譬如有回梁先生去胡先生家聊天，無意中，將一件別人罵胡適的事提出來說，不待梁說完，胡即伸手不要他再說下去。並說，搬弄是非，亦即是非之人；問梁：「你是否也想作是非之人？」在梁先生靜靜的客廳中，聽梁先生細述往日朋輩往事，我亦如沐在春風之中，受誨匪淺。梁先生接著說，胡先生曾書贈一幅字給他，上聯是「大膽假設，小心求證」，下聯是「認真做事，嚴肅做人」。這幅字除了秀才人情之外，還含有無限深意的勉勵作用。梁先生視為至寶，轉送給自己的兒子，現懸掛在兒子的大客廳中。梁先生說，大家只知傳誦引用他的上聯，而不知它還有下聯，而下聯才是真正能寫出胡適品格的一面。梁先生說，胡先生寫文章，無論討論事情的大小，文章的長短，總是認真負責，從不敷衍。梁先生自認自己最佩服這樣的做事態度。他說，像編字典這一類事，他一定要親自校對過許多遍，仔仔細細地看，不是只有掛名而已。

◆開「胡聖人」一個玩笑

胡梁兩人的友誼，儘管他們的關係如何深厚，但梁先生卻從未說過「我的朋友胡適之」這類的話，當然，梁先生在文壇上已樹立形象，無須沾朋友的光。重要的是，梁先生對胡先生的敬愛，一直不改。直到今日，胡先生已作古多年，梁先生每一提及，仍是稱「胡先生」

或「胡大哥」。

胡梁的交往，有嚴肅的一面，也有輕鬆的一面。梁先生談起有一回，他們兩人一起聊天談文學，談到中國文學的未來時，兩人竟不約而同地想到趙甌北的一首詩：「李杜詩篇萬口傳，至今已覺不新鮮，江山代有才人出，各領風騷五百年。」談論這首詩之時，梁先生曾開玩笑的說：「胡先生，我看五百年的時間嫌過長一點了吧，只要五十年就夠了。」胡先生一時不解其意，不經心的回答說：「何必七折八扣呢，你說，你有什麼新的見解。」於是，梁先生說：「譬如你作的白話詩，在五四前後，不是蠻叫座的嗎？但是拿它和現在年輕朋友的詩相比，你的就不如他們的了。而五四到現在還不到五十年呢？」此時胡先生才完全醒悟，原來這個一向尊敬自己的老弟是在開自己的玩笑。就哈哈大笑幾聲說：「你原來是指我而言的呀，其實，我從來就沒有說過我的白話詩不錯，我只是想作一個時代的尖兵，開創一下新的風氣罷了。」

由這件事，我有二點感想。其一是梁先生的批評不能說不重，但是他們的友情禁得起考驗。不會像有些人，今天看似親密「戰友」，明天可能因一件芝麻小事而鬧翻了臉，成為終身仇敵；其二是梁先生雖然已年近八十，整日坐鎮書房趕寫英國文學史和中國文學史這類大部頭的書，但他對文壇的關心卻不下於年輕人。他不僅翻閱年輕朋友的作品，文壇中發生的種種文學主張的論辯，他都瞭如指掌。記得，幾年前我初次去忠孝東路他的寓所看他。我先報上本名，他楞了一下，我不得已說出筆名，他很快就說：「你的筆名我知道，你的作品我看過。」談話中，他向我問起周夢蝶、楊牧等詩人的生活和作品。梁先生的閱讀範圍似乎從未與現代文壇脫節過。

《現代文學》紀念會那天，梁先生本來患關節炎，行動很不方便，他不出席，誰都不會怪他，但他還是在梁太太攙扶下去參加了。這更顯示出他對現代文壇的關心與對年輕朋友的愛護。

◆女學生痴戀梁教授，徐志摩卻代背了黑鍋

我說「在梁太太攙扶下」，是梁先生腳痛，想當然耳之詞。而在平常卻都是梁先生扶著梁太太，而沒有機會讓梁太太扶他。為什麼呢？我想其中包含幾層意義。第一是他自信還沒有老，他仍有能力保護如梁太太這樣嬌美的女人。第二是禮貌，既然是夫妻，就不應該如中國一般夫妻那樣，先生走在前頭，把太太老遠的冷落在後面。再次，是象徵他們夫婦情感之篤。記得梁先生與韓菁清女士結婚的時候，朋友中有人說梁先生大概未談過戀愛，經不起現

代男女愛情生活的誘惑，遇見韓女士那樣善解人意、風韻過人的女人，不能再以學者冷靜嚴肅的態度來應對，便在愛情路上豎起了白旗。其實這些評論都是多餘的，只供茶餘飯後談助而已。至於說梁先生沒有經驗過戀愛，可能武斷了一點。天下美女少有不傾慕英雄名士者，像梁先生這樣一位少年時就文名遠播的文學家，豈能不成為美女傾慕的對象。

為了證明我的話不是出於個人的想像，於此，我想冒「揭私」的危險，談二件有趣的事，其一是發生在五十多年前的「新月」時代，其二是發生在前不久，據梁實秋說，「新月」根本不是什麼文學團體，成員自由思想濃厚得很，各有各的文學主張，之所以能長時期相聚在一起，除了彼此對文學的興趣，主要還是靠徐志摩。他為人熱心而且坦誠，是絕對一個性情中人。朋友有事，只看他一個人在忙。因此，「新月」的人都很喜歡他，他便成為「新月」不散的中心力量。梁先生民國十七年回國，即在某大學教書，班上有位女學生對這位年輕教授十分癡情，而梁先生在課堂上是十分嚴肅的，女學生苦於沒有接近的機會。有天，她打聽到徐志摩與梁先生私交很好，同時她的表姊也認識徐志摩，在這情形下，徐志摩自然是最好的牽線人。徐志摩雖然明知梁實秋已經結婚，但他凡事熱心幫忙的性格，使他沒有理由拒絕學生的請託，就執筆寫了一封信，將該生的心意告訴梁實秋。後來梁先生出書，好玩地就將徐志摩這封信收到書裡。未料這封信被女作家蘇雪林看見了，即寫了篇文章批評徐志摩。如此徐志摩只好背黑鍋背到底了。梁先生現在與朋友談起此事，仍覺耿耿於懷，對不住徐志摩，日前梁教授特別為本刊讀者寫了一篇文章——〈關於徐志摩的一封信〉，配合筆者這篇專訪，在當天的「人間副刊」披露，澄清一下這件連蘇雪林都可能已忘記了的五十多年前的舊事。

最近的一次，是一個多月以前，梁先生收到幾封由某報副刊轉來的讀者的信。讀讀者的信，平常總歸是一大樂事，再加上梁先生一向不願令讀者失望，凡向他請教有關學術、文學問題的，他總是有信必覆。可是最近梁先生趕校英國文學史，同時又要為香港《讀者文摘》翻譯一本叢書，他真怕接到讀者的信。雖然如此，那天他還是非常善意的拆閱那些信，他赫然發現一封字跡清秀、長達六張十行紙的信。是一位十八年華、情竇初開的少女寫的，內容除了推崇讚譽之詞外，頗多如：「別人都說我長得不錯」之類自我介紹的話。梁先生今年七十九，比這少女足足大了一甲子，難道她不知道？當然是由於梁先生的道德文章使她情不自禁。梁先生看完這信，自然是哈哈一笑了事。

◆愈老愈忙，也愈珍惜時間

梁先生除了受胡適的一頓訓，不搬弄別人的是非之外，有關他自己的事情與想法，卻很少隱瞞。他過去編字典，有朋友責備他不務正業，不好好作文章，將時間浪費在編字典上。這回他接下香港中文「讀者文摘」社一本書的翻譯工作，本來每天工作五小時的他，為此每天必須工作八小時，有朋友知道了，也覺得梁先生划不來。而且據梁先生自己說，該書並不是什麼了不起的文學作品，又不由譯者具名，無非是稿費高一點而已。但是梁先生對我說了一個例子。他說英國有個十分著名的演員勞倫斯奧立佛，年紀已經不小了（筆者註：即演「亂世佳人」女主角英國女星費斐麗的丈夫），以演莎翁劇而蜚聲國際。後來他去拍了電影，藝術界人士都為他可惜。有人問他為什麼不專心演舞臺劇，而要去拍電影，他說：「我家裡有妻子，兒女要吃飯，而且他們還想吃得好一點！」人要吃飯，而且還想吃得好一點有什麼錯，因此有時就不得不作些文學以外的事，梁先生自認自己也是同樣情形。

一般的中國人，年過六十，便人未老而心先衰，開始要享清福了。而梁先生是愈老愈忙，愈忙愈珍惜時間。他現在的寓所位於辛亥路三段復興南路底。落地窗外，正面對一片青山，山上但見青塚無數，教人觸目驚心。梁先生說，每天來來往往，吹吹打打的喪葬車輛不知有多少，朋友們都說這不太吉利吧，尤其年紀大的人，更容易觸景傷情，勸他搬家算了。但他總是說，那有什麼關係，誰都有這麼一天，只是有快有遲罷了。每天凌晨五點多，他即起身散步到山邊，來回需一小時，在這段路上，有所頗具規模的幼稚園。他告訴我，從這段路上，他看到整個人生。人生就是從幼稚園慢慢走向墳墓，只是有的走的快，有的走的慢。每天面對墳堆，對他是一種警惕，告訴自己沒有多少時間可用了，該吃的就快吃！該作而沒作的事，該說而沒說的話，就快說，快設法將它作完。原來，他忙得這麼起勁，原因在此。

◆能吃、好吃且常偷吃甜食

梁先生中年時便已耳朵重聽，近年來更需藉助聽器來與人溝通。唯一的好處是不用接電話，有電話也是梁太太的事。當然，他聽不到電話鈴，也聽不到門鈴。有回有個朋友寫信約好第二天上午去看他。正好梁太太有事外出，只好他自己等著去接待這位朋友。在客廳坐了半天，未見客到。他懷疑自己耳朵沒聽見門鈴，便拿了書、捧著當天的報紙，坐到門邊去等。結果是這位客人遲了一個多小時才到。我沒問梁先生對方知不知道他「苦等」的情形，如果對方知道了，不知作何感想？

他曾告訴我，美國的醫藥手術已經可以把別人屍體的耳朵割下，移植到另一人的身上。他玩笑的說：「我能要嗎？別人的耳朵我絕對不要。」他不僅不要別人的東西，也不要假東西。他有幾顆牙齒早就該換了，而且有位牙醫朋友要免費替他換，他不要。他說到掉光時再說，因為假東西整天放在嘴裡，總是不對味。

重聽對一個鎮日埋首書房的人來說為害並不大，牙齒缺落，對一個「好吃」，喜歡吃的人來說，卻是無法彌補的損失。梁先生飯量好是有名的，年輕時曾有過一餐十二個大饅頭的紀錄，現在還是沒有二碗飯不飽。他懷疑現在的糖尿病，是否與他能吃、「好」吃有關。

梁先生有時真是坦白得可愛。去年春節過後不久，我請一群朋友吃韓國烤肉，為了尊敬起見，我特別在兩天前去他家請他們夫婦，並說屆時我會來接他們，他不假思考就說：「這次我不參加，改天我們單獨小吃一次如何？我坦白的告訴你，梅新，我好吃，你請我，我很高興，但是我有許多不方便，我耳朵不好，和大群朋友在一起談話，別人吃力，我自己也吃力。其次是我八點鐘一定上床，遲了就睡不好。通常吃飯都是訂在六點半，再拖就要七點才開始，八點以前就絕對回不了。我們小吃，時間可以訂早一點，早吃早歸。」我聽了他這一番誠懇親切的話，也就無法堅持了。

老一輩的讀書人多半「好」吃。「好」吃是一種生活藝術，一方面要有環境，一方面要有興致。二、三好友，盤腿小醉，真是人生一大樂事。因此我說梁先生「好吃」，大家不會特別驚奇。而我說梁先生「偷吃」，大家就會瞪眼睛了。他的確「偷吃」，而且不只一次。儘管梁太太監視工夫到家，他仍有本事把想吃的東西「偷」下肚。「偷吃」是有原因的。

梁先生患糖尿病多年，甜食絕對禁止，而梁先生卻偏偏喜歡得不得了。二年前，我和詩人商禽請他在「天廚」小吃，末了該店老板贈送一份油炸元宵。剛端來時，梁先生還說，你們吃，你們吃，我不能吃。待梁太太上洗手間，他卻向我們擠擠眼，像是來不及拿筷子，用手抓了一糰塞進嘴巴，然後縮了二下肩，再對我們笑一笑。那動作真像三歲小孩，可愛極了。可是就那麼靈驗，回家沒多久，他的病又犯了。最危險的一次是，他從美國一個人回臺灣，在飛機上，趁沒有人管的時候，就大吃機上招待的各色蛋糕。在機場大廳與迎接他的親友寒暄後正準備回臺北，梁太太見他坐在椅子上兩眼發直。她問他怎麼啦，梁先生只好從實招來。「你呀，你又趁機會偷吃。」這是梁太太對梁先生最嚴厲，也是最溫柔的責備。

事後，每當梁太太與朋友提起此事，梁先生總是推卸責任的說：「都是蛋糕惹的禍。」

◆以「子佳」之名寫作竟遭臺北某報退稿

最後，我想以梁先生用筆名投寄一篇文章所發生的一件趣事作結。

「秋郎」是梁先生在「新月」時代常用的筆名，這是大家都知道的；另外，他還有一個很少為人知的筆名，叫「子佳」。幾年前，他寫了篇散文，覺得自己已很久沒有用筆名發表東西，就以「子佳」的名字投寄某報副刊。沒有多久，他便接到退稿。他就將這篇文章往抽屜一丟，不去理它。過不久，該刊主編到他家向他邀稿。梁先生正忙著寫英國文學史，無法旁顧，以他言出必行的性格，此時他無法答應。但該主編一再拜託，梁先生靈機一動，就說：「我有篇舊稿，是貴刊退還來的。」不待梁先生說完，該主編搶過嘴說：「那有這種事，梁先生的文章我們求都求不到，那會退稿？」於是梁先生拿出退稿，那位主編先生打開一看，原來是「子佳」，而不是「梁實秋」。

拉雜寫來梁先生平日生活二三事，固是從趣味方面下筆，也讓人聯想到許多人事，能不令人感慨嗎？

見艾青最後一面

詩人艾青去世了，這消息我並不感到意外，因我五月一日到北京協和醫院探望他時，他的夫人高瑛女士曾噙著淚對我說，醫院診斷他捱不過「五一」，而今天他仍有一口氣在，他們已經很安慰了。不過她說，希望很渺茫，大概就是這幾天的事了。雖然如此，當我於返臺途中，在香港機場看到《明報》報導，艾青已於五月五日淩晨逝世的消息，內心還是難忍傷感之情。這是我第一次見他，未料竟也是我最後一次見他。

「中副」將於六月一日起，一連三天，在臺北國家圖書館國際會議廳舉辦「百年來中國文學學術研討會」，將邀請大陸、海外暨國內兩百餘重要學者和作家與會。這次到北京和上海匆匆跑一趟，主要是為了替大會製作一個專輯，揹著攝影機，計畫前往百齡老作家冰心、巴金等病房，以及施蟄存、蕭乾、辛笛等家中作專訪，然後於大會中播放。

冰心今年九十六、巴金九十二、施蟄存九十一。艾青生於民國前一年，也已八十六高齡了。從一九三二年他發表成名作《大堰河——我的褓姆》迄今，已有六十多年創作經歷，其間經過二三〇年代、抗戰，以及四九年兩岸分裂以後的文學變遷，單就史的觀點，請他說幾句話，為百年來的中國文學發表點他的感想也是應該的。所以四月卅日我到達北京的晚上，吳祖光先生來看我，我即向他表示我的心願。他也認為應該，第二天一早便來陪我前往。

吳先生是國際知名劇作家，是長輩，特地放下手邊的工作（其時有三篇文章等著他趕工交卷）前來陪我，這份心意很令人感動。

艾青住在協和醫院高幹和外賓住的特等病房。與艾青住在同一層樓的作家還有樓適夷，及畫家古元。高瑛說，臧克家也曾住在這裡，昨天剛出院。對這些老作家的逐漸凋零，她的語氣中帶著無比的感傷。樓適夷是翻譯家、戲劇家，偶爾也有詩作發表，現年九十六歲，曾主編《新華日報》副刊。文革期間一度曾傳出他已被鬥爭自殺身亡。古元是版畫家，於抗戰時甚負盛名，患胰臟癌，已多次進出醫院。臧克家是資深詩人，今年九十一歲。歲月的推移的確殘忍，不是地位和權勢可以控制的。這趟我最希望訪問的兩位作家，冰心和巴金，前者雖經層層關卡，好不容易來到她的病榻邊，唯恐傷害瘦弱的身體，只許照相不准錄影，她的女兒吳青告訴我，住院之後，冰心比過去瘦了三十公斤，難怪已不能起身，對著錄音機也只能輕聲的說一聲謝謝和「祝大會成功」。至於後者，巴金女兒為了老父的健康，看守極嚴，非巴金老友和親人絕不放行。

艾青近年有件事，連他太太高瑛也無法理解，那就是常常口中念念有詞，背誦孫中山先生的遺囑。高瑛說，三月廿七日是艾青生日，親朋好友正忙著預備為他慶生，未料廿六日就病發送進了醫院，一直昏迷至今。而發病的那天早晨，他還不斷的背誦「余致力國民革命」，我問高瑛知不知道是什麼原因，她搖搖頭說不曉得。艾青年輕時加入共產黨，曾參加延安文藝座談，是毛澤東文藝政策制訂的垂詢者，去世前背誦的居然是中山先生的遺囑，而不是毛語錄，實在令人費解。《明報》的報導中還說，他在國民黨時期坐過監獄，（筆者按：艾青一九三二年自法國返國，即被吸收參加「中國左翼美術聯盟」，隨後組織「春地畫會」，該年七月十二日被捕，三五年十月獲釋，坐了近三年的牢，其成名作《大堰河——我的褓姆》即是牢中的產物。）也在共產黨政權下遭流放勞改二十一年，但從來沒有「任何怨悔」。艾青也是人，也是骨肉之軀，受過這樣多的苦，豈能無怨，豈能無悔，記者報導新聞最忌使用這種臆測之詞。

提到艾青就會想到他的《大堰河》，《大堰河》是討論艾青作品必定要最先討論的一首詩。

但是古今中外，許多著名的詩，未必是該詩人最好的詩，《大堰河》也不例外。艾青的命運是算命先生造的孽，由於算卦者的一句話，說艾青是剋父剋母的命，不能久留，必須送人或寄養，連爸爸媽媽都不能叫，只能叫嬸嬸或叔叔。於是艾青便被送到一個叫「大葉荷」的婦人家寄養，開始吃大葉荷的奶水長大。艾青家是地主，是鄉紳；大葉荷是貧婦，是苦力人家。可是他對大葉荷的情感卻優於生母，尤其他到巴黎之後，家裡不再接濟他的生活，度過「精神上自由，物質上貧困的三年」，他與生父母的關係便變得更加的疏淡。

《大堰河》是三二年他在牢中寫的，年輕人難耐牢中的寂寞和痛苦，除了憤怒就是回憶，《大堰河》正是這兩種心情發洩的作品，所以浪漫，所以近乎吶喊：「我是在寫著給予這不公道的世界的咒」。這首詩創作的動機很單純，是對他乳娘大葉荷的回憶，詩題「大堰河」也是來自大葉荷的諧音。詩發表之後，就有一些好事的批評家們抓住詩中的一個句子：「她就開始用抱過我的兩臂勞動了」，而把它歸類為艾青歌頌勞動者的作品，將艾青的詩人地位提升到某種政治層面，以後艾青在大陸之受尊崇，這大概是他的意外的收穫吧。

《大堰河》是由艾青的辯護律師帶出監獄，投寄給《現代》雜誌。《現代》雜誌強調知性，反對浪漫，該刊主編杜衡等以「待編」作藉口，將《大堰河》冷凍在一邊是可以理解的。後來於一九三四年改投《春光》雜誌。全詩最弱的是它的結尾：「大堰河／我是吃了妳的奶而長大了的／妳的兒子／我敬妳／愛妳！」即使我們國中學生寫的詩，也不會寫出如此粗糙的句子。有批評者說，艾青一貫主張寫詩用活的口語，主張「詩的散文美」。用活的口語我是支持的，「詩的散文美」也是個可以嘗試的方向，但往往實踐比理論要難。艾青太偏重敘述、說理，太重視「詩的宣傳功能」，所以只見詩裡散文式的陳述，未見詩的「散文之美」。

年輕時若革命家的熱情和衝動，對文學不見得是一件好事。艾青晚年時寫的詩，有不少倒是很耐人尋味的好詩。一九七九年，他六十九歲到廣州看盆景展覽，而觸景生情寫的那首《盆景》，便是一首令人讀後，於痛苦世界中獲得精神救濟的好詩。它是詩人於歷盡滄桑之後理性思考的結果。它嘲弄現實，譏諷現實，但不情緒、不謾罵，以高度的表現技巧堅守住對詩的藝術性完整的追究。我喜歡晚年較多理性思考的艾青，勝過年輕時熱血沸騰的艾青。現錄《盆景》於後，供讀者欣賞，並悼念一生貢獻給文學的詩人。

盆景

艾青

好像都是古代的遺物
這兒的植物成了礦物

想聯的椅發沙・30

主幹是青銅，枝椏是鐵絲
連葉子也是銅綠的顏色
在古色古香的庭院
冬不受寒，夏不受熱
用紫檀和紅木的架子
更顯示它們地位的突出

其實它們都是不幸的產物
早已失去了自己的本色
在各式各樣的花盆裏
受盡了壓制和委屈
生長的每個過程
都有鐵絲的纏繞和刀剪的折磨
任人擺佈，不能自由伸展
一部分發育，一部分萎縮

以不平衡為標準
殘缺不全的典型
像一個個佝僂的老人
誇耀的就是怪相畸形
有的挺出了腹部
有的露出了塊根
留下幾條彎曲的細枝
芝麻大的葉子表示還有青春
像一群飽經戰火的傷兵
支撐著一個個殘廢的生命

但是，所有的花木
都要有自己的天地
根鬚吸收土壤的營養
枝葉承受雨露和陽光

自由伸展發展正常
在天空下心情舒暢
接受大自然的愛撫
散發出各自的芬芳

如今卻一切都顛倒
少的變老、老的變小
為了滿足人的好奇
標榜養花人的技巧
柔可繞指而加以歪曲
草木無言而橫加斧刀
或許這也是一種藝術
卻寫盡了對自由的譏嘲

一隻不合時宜的公雞

——與白樺一席談

白樺警句：

生活告訴我們：最危險的事情，就是戳穿惡人的謊言。
正因為我們不相信自己而相信神，最不高明的陰謀都能借神的名義輕易得逞。」

《孔雀公主》

如果這只是一張畫布，只是一些顏料，只是一些畫家空想出來的線條，陰影和輪廓，我們可以撕掉，塗掉，扔掉！但不幸地她是我們的祖國。

您愛這個國家，可是這個國家愛您嗎？《苦戀》

詩人同志們，我們寧願去歌頌民主牆上的一塊磚頭，可千萬不要去歌頌什麼救世主。

（一九七九年一月在詩歌座談會的發言）

在這些警語裡，蘊含著多少「怨」和「痛」，以及多少的無奈。

當大夥都在「造神」，企求在那座廟裡充當「小鬼」，好齜牙咧嘴嚇唬人的時候，白樺卻偏偏要自命不凡，與人唱反調，這不是自討沒趣嗎？他以後被打成大「右派」，不是沒有原因的。

白樺曾是表現傑出的資深共產黨員。他曾做過共軍八大元帥之一的賀龍的秘書，在「元帥」府裡，有白樺這支筆的人不多。加上他儀表出眾，因具文學家性格，周旋於朋輩之間，處處顯得格外的倜儻瀟灑。所以，原本他應該是仕途亨通，傲視群賢的人物；而壞就壞在他是文學家，曾經是宣傳員，不想做文學家以後，還是宣傳員的文學家。

白樺原名陳佑華，河南信陽人，今年六十四歲，但是鶴髮童顏，行動俐落，精神充沛，怎樣也看不出是六十開外的人。他有個雙胞胎的弟弟陳佐華，筆名葉楠，是大陸文壇十分活躍的影劇作家，曾寫過《甲午風雲》、《傲雷》、《一蘭》、《綠海天涯》等，以《巴山夜雨》一片最著名。和白樺一樣，也是屬於軍隊系統的作家。

童年的遭遇，往往影響一個人的一生。白樺似乎就是這樣。民國廿七年，日軍侵佔信陽，因為他的父親是鄉紳地主，便被日軍活生生的活埋，那年他七歲。兄弟倆目睹此情此景，怎能不義憤填膺，滿懷讎恨。所以他中學時個性便顯得非常激進，開始「左傾」，加入中共地下組織。十六歲創作第一首詩，發表於《中州日報》副刊。並與同學組織「人民文藝社」，出版油印刊物《人民》，同時開始使用「白樺」這個筆名。白樺曾做過共軍「中原野戰軍四縱隊十三旅」的宣傳員，「新華社」戰地通訊員。民國三十九年隨軍隊駐防雲南邊境，也就是在這個時候，一度當了賀龍的祕書。這段時間，我想應該是白樺最得意的一個時期。他做過昆明軍區創作組組長，他的兩部詩集《金沙江的懷念》、《熱芭人之歌》，以及兩部小說《邊疆的聲音》、《獵人的姑娘》，不必看內容，只看書名，就知道是謳歌邊疆地區的人事景物了。

◆以「傾吐式」的寫作抒發感時憂國的鬱悶及悲憤。

臺灣讀者知道白樺的，多半開始於他的作品《苦戀》被批為「毒草」事件之後。《苦戀》原為長篇敘事詩，初名「路在他的腳下伸延」，改編為電影劇本後，才改名「苦戀」。而我最早接觸的白樺作品，是詩，不是《苦戀》。所以，在我心目中，白樺始終是詩人，不是小說家，更不是電影工作者。他曾擔任上海海燕電影製片廠編劇，寫過《紅杜鵑、紫杜鵑》、《李白與杜甫》等劇本。正因為他是詩人，是同好，所以我曾經三次到上海，每次都希望有機會和他見面聊聊，直到去年才在上海的一個兩岸作家會議中，偶然「遇上」。

再說點我對白樺詩的接觸的經過。臺灣的各重要媒體，都設有「特資室」，即特殊資料研究室的簡稱。室內蒐集的均為大陸出版物如《人民日報》、《文匯報》等，是報社的「神祕」單位，在兩岸開放前，門禁十分森嚴，如非工作需要，是不准進入借閱的。聯合報「特資室」主任葉洪生先生，是位文學評論家、武俠小說研究專家，所以在他主持的「特資室」裡，有許多大陸出版的文學刊物，其中包括《詩刊》。《詩刊》在大陸已有幾十年歷史，屬官方刊物。我就是在這本《詩刊》上，最先讀到白樺作品的，印象較深刻的有該刊七九年第八期的《風》，八一年第一期的《船》，皆稱得是上乘之作。白樺的詩風相當統一，手法不離三四十年代的傳統，敘事詩優於抒情詩。與白樺一起在軍中成長，又同是「總政創作室第一批成員」的作家公劉說，白樺的寫作心態習慣於用「傾吐式」（見白樺詩集《我在愛和被愛時的歌》序、公劉作《風雨故人》。我想這和白樺的性格，以及他生存的環境有關，屈原何嘗不是如此？他的鬱悶，他的悲憤，只有「傾吐」才能獲得解脫，才能感到舒暢。白樺曾摘屈原《離騷》詩句，「路漫漫其修遠兮，吾將上下而求索」為《苦戀》卷首語，並以另一句「亦余心之所善兮，雖九死而猶未悔」，彰顯《苦戀》主角淩晨光的「求索」精神。可見白樺對屈原的仰慕之情是多麼的深。

關於白樺，公劉在他的《風雨故人》裡，有一段十分傳神的描寫，就像我在上海初見白樺時一個模樣，尤其那「微笑」：

一輛摩托穿過上海鬧市。

風馳電掣。

終於在靜安區的一幢公寓大樓前面停下。

紅頭盔摘掉之後，抖出一團碎銀和一朵略帶嘲弄的微笑。

他是誰，他就是白樺，抒情詩集《我在愛和被愛時的歌》的作者。

三十多年前，白樺也以同樣的身手姿態出現於昆明。那時候，摩托車尚不多見，故而更加驚世駭俗。………

臺灣作家認識白樺者，閒話時，也會來一句，「白樺是有點騷包」。白樺如果聽見了，想必也會為之莞爾吧。

我有位大學同學在上海經商，與白樺私交甚篤，前年回家探親路過上海，我問他是否可以安排我與白樺見面，他說「你不要害白樺了」。前年在北京，我要北京的朋友替我安排，他們的回答是：「到上海請當地的人安排比較容易」。去年五月，臺灣作家在上海作協座談兩岸文學，白樺竟赫然在座，使我感到非常的意外。而且是坐上席，因為他是上海作協副主席。他也看過我一些作品，輾轉從朋友口中聽過一些對我的評介，所以我們稱得上是彼此心儀已久。那天夜裡，我約他飯後另覓地方聊聊天，他自然爽快答應，我說錄音帶回臺灣整理後發表，他也同意隨我處理。只是我一直沒有時間，擱了將近一年才將它整理出來。那天一起的，還有畫家歐豪年兄。以下是我們的談話內容。

◆無關乎政治目的，坦然承擔知識份子與生俱來的災難。

問：先談談您的近況吧。最近幾年，中共開放政策，對您的限制應該比較寬鬆了吧？

答：嚴格說來，我只是堅持自己觀點，很不同的一個中國人而已，所以近三年來，我的情況還算好，上海的領導階層不希望把事端擴大，他們對知識份子與生俱來的災難很能理解。我一生下來，就是災難的開始，民族危急存亡之秋。照理說五〇年代相較於清末民初、或是兩次大戰，應該是比較平和的年代，但我們這一代卻承受比戰爭還要多的苦難。

六四之後，上海的領導人採取寬容態度，他們也知道我只是個坦率的人，沒有政治目的，所有行動都是個人選擇、個人負責。去年（九二年）夏天對我的行動解禁，我去了一趟日本，又去了歐洲。比較開放的原因，除了政策使然，記者也是一大因素。譬如在幾次公開的記者會上，記者提出的第一個問題就是，白樺的寫作可受到限制？

問：您獲得較大自由後，應該能創作更多作品吧，談談您寫作、出版的情況。

答：八九年以後，我的書正式授權在臺北出版，每年出一本，第一本是《遠方有個女兒國》，這本書在美國也出了英文本，俄國也將有俄文本。第二年出劇作集《遠方的鐘聲與今日的迴響》，包括三個故事，第一個劇本在北京人民劇院演出過，後來因「反對精神污染」運動被禁；第二個劇本已排練好，只有我一個人看過；第三個故事我才寫好，以六四為題材。這三個劇本能出版，要感謝三民書局董事長劉振強先生的慧眼與魄力，這書根本不可能賣得好。第三年出長篇《溪水，淚水》，寫中國大陸對自然生態的迫害，從長江上游邊遠地區和最原始的人對自然生態迫害的醒悟寫起，文明人反而不如原始人有心，這本書不是很容易看，但我覺得對這問題有很深刻的探討。九二年出《哀莫大於心未死》，這本書寫八九事件的反省，回顧將近一世紀來的民族命運。

我這兩年來心情比較好，儘管還有限制，但至少還能印書，雖然我的書還不能進來，但未來應有機會與大陸讀者見面。

◆中國最重要的問題是：不可再繼續保持愚昧，中國是需要思想的。

問：您對這幾年大陸變化的看法如何？

答：文革以前，大家都認為對知識份子的迫害是應該的；文革之後，大家才意識到這問題，尤其八一年我出事後，信件如雪片飛來，令我覺得一個普通的作者能贏得這麼多人的支持，我受再多的苦難也值得。很多信非常感人，看得我直流眼淚。大部分支持者都能理解我的心意，知道我對國家、民族是忠誠的，才會受到圍剿。我覺得這種思想上的進步比經濟上的收穫更大。

九三年羅丹的「思想者」來上海展出，更讓我體會到中國是需要思想的。在「思想者」面前，我羞愧地想起，四十歲之前我還在牙牙學語，人家說什麼，我說什麼，沒有自己的思想。羅丹這項展覽，是人類文化交流上極富意義的大事，上海有關單位卻不許宣傳，我去看展覽，人很少，都是外地趕來的美術系學生，一般市民不知道有這展覽，這是讓我很難理解的事。

當然現在政策方面是鬆動些了，至少我可以在臺灣出版作品，他們默認了此一事實。但我覺得中國最重要的問題，在於繼續保持愚昧是不行的。有個統計數字，我感到很驚訝，是上海市委書記報告時提出的，他說全國大陸二十九個行省，按人口平均數買書的消費力很低，而上海排第二十七位。上海這麼大城市，買書能力排在倒數第三位，顯示上海的人心騷動，金錢比讀書吸引力大。三〇年代的上海也是大開放時代，十里洋場什麼都有，但上海人也是全國最愛看書的人，如今滑落至此，可見經濟發展不能解決根本問題，這是一個民族智慧的問題。

上海在穿衣消費方面是前三名，這是可悲的事實。上海想恢復過去文化中心、金融中心的地位談何容易？書店裡除了政令宣導的書外，愛書人想買的書根本沒有，書商不敢進，怕賣不掉。大陸作家也面臨浮躁的情境，很多人都想放棄寫作，日前我寫一篇小文章，也談到這個問題。我舉慧能禪話為例，兩位客人爭論海上的船是風動或帆動，慧能說是心動，現在很多作家心動，無法定下來爬格子。一些朋友對這現象感到憂心，我說不要擔心，人各有志，就像梵谷一生窮困潦倒，生前只賣掉一幅畫，身後成為世人的驕傲，他並沒有放棄自身對藝術的追求。

我訪問法國時，與一位女作家娜坦莉談到這問題，她是法國新小說的祖師爺，六歲去法國，她堅信俄國的固有傳統會再出現，我說中國也是，淹沒城鄉的水終會退下去，文化是不會被消滅的。

◆豐富的文化傳統和坎坷的人生際遇是中國作家的本錢。

問：您說文化傳統會再現，可否以大陸作家為例？

答：豐厚的文化傳統和坎坷的人生際遇是中國作家的本錢，我說過，我們流過那麼多血，現在居然要用血來寫作！這幾年大陸的文學作品，總的來說，並不理想。歸納起來，有兩個創作趨勢，一是不面對當前生活，重新來寫歷史，如《妻妾成群》；一是新寫實派，這一派面臨很大侷限，非常細膩地寫生活瑣碎，如《夏天的公事》，寫一農村幹部，他的公事是這裡吃吃，那裡吃吃，等於沒有公事，也有迎合我們的生活面。如《一地雞毛》，相當程度反映一般人的生活，但缺少力度，不能反映歷史。四〇年代寫了許多拍馬屁文章的老舍，至少他還寫了一個深刻的歷史話劇《茶館》。我覺得目前的作品少了一個衝動，即民族的大悲歡，若中國作品表現不出此種跌宕，那麼才是令人擔憂的。

問：新寫實派的興起，應該有其背景，您能否大概說明？

答：四九年以來，大陸的文藝政策一直號召寫實，於是把作家們都趕到農村、工廠，去寫工人、農人的生活。譬如有一年，一位上海市長、華東局書記，提出一個口號，「大寫十三年」，只准寫十三年社會主義建設時期，當時被認為是很神聖的口號，連毛澤東都公開讚揚他。

娜坦莉也提到相同情況，二次大戰期間，她躲在法國鄉下寫作，她非常痛恨希特勒，痛恨侵略者。作家不願被政治力量左右的心意中外皆同。

至於我，在這種寫實或新寫實的風氣下，我寫的不是當前生活，完全繼續我原來的路子，就像一個小姑娘被關起來，卻不放下繡花的手。我們在苦難中忘了繡花，寫作藝術就像繡花，若我在苦難中還記得繡花，今天我就能拿兩朵花給你們看了。近年很多朋友關心我，經常問我身體、心情如何，我說我很好，大家都不太相信這樣的情形對我有好處，受到限制，我反而寫了很多東西。中國的作家一有成績馬上就去熱鬧了，我覺得人的坎坷對作家是有好處的。

◆中國知識份子一個很大的弱點，就是對自己獨立人格的爭取不是很堅決。

問：您說中國知識份子老是受迫害，我想這是知識份子的性格使然吧！

答：中國知識份子一個很大弱點，就是對自己獨立人格的爭取不是很堅決，知識份子若失去獨立人格，就喪失了思想，則不成其為知識份子，得意時，獨立人格、獨立思想尤其容易喪失，不得意時也一樣，歷代作家皆如此，我對這問題很警醒，我始終保持獨立人格、思想，由於如此，我可能永遠不得意，但這種不得意恰好是我的得意。

我太太老替我抱不平，她認為我不該受到這樣的待遇，我勸她不要發脾氣，這是我要的。我兒子現在美國學習，八七年恰是緊鬆的一個階段，我兒子就說：別人的文化大革命早結束了，我們的文化大革命怎麼完不了！他給我寫一封信說：爸，你應該改變生活態度，這樣我們的日子就好過了。我回信說道，我是沒法改變的，我做一件事，若不考慮做這件事的意義，那麼做這幹嘛，你一生下來，就註定要為我受累。

我兒子一生下來就是右派，老師對他很壞，每年都要叫家長去，說你這孩子是陰暗心理，內心有階級仇恨。我兒子在這種受壓迫的氣氛下生活很痛苦，但我還是要繼續對不起他。

問：您明知道所創作的作品會受到政治迫害，可是還是要寫，這就是知識份子的堅持吧。

答：對，雖然我不一定能創造出偉大的作品，但我在追求比我以前更好的作品。上個月有位英籍記者訪問我，他提到，「為何你的每一部作品都要受到批鬥、查禁的命運？」我說我的願望都是善良的。吳祖光在批《苦戀》的大浪潮時，很勇敢地站出來說話，當著胡耀邦的面，他說，「批鬥《苦戀》是很沒意義的事，我看這部小說、劇本、電影，都是一個溫柔敦厚的作品，為何會引起這麼多人的憤怒？」吳祖光說的對，我不是一個在作品中表現過激情緒的人，所有朋友都認為我是很溫和的人。我只不過想表達一個意念：中國知識份子非常善良、非常愛國，受到非人待遇仍無怨無悔。但可悲的是，居然連這句話都不能說。

◆好的作品首先要使中國的讀者了解，然後才能談到被別人理解。

問：這確實是中國大陸知識份子的悲哀。接下來談談您未來的寫作計畫。

答：我每年都是年初交一本書給出版社，按計畫今年應交一本，但去年下半年在外面，上半年到東北改編《呼蘭河傳》，寫作計畫耽擱了，今年三月我躲到海南島一個漁村裡閉門寫作，一方面寫要到香港開會的講詞，一方面寫自己的書，寫了一個月沒寫完，接著到廣州開會，這件事就擱下來了。

我的寫作計畫就是什麼都寫，詩、小說、戲劇。小說是天天寫，詩是有衝動才寫。三民書局劉先生跟我說過要不要寫自傳，我說現在不能寫，我還沒到能寫出那段經歷的時候，因為很多人還活著，我若要寫傳記一定要寫很真實的東西，編一個傳記沒意思，要真名、真姓、真事件。我覺得大陸人封閉太久，對世界其他人怎麼生活、怎麼看生活都不太了解，所以我這兩年能到外面走走，對我的寫作是有幫助。譬如我這次去巴黎，訪問了一些新小說家，他們從五〇年代開始找新的道路，找了一圈又回到原來道路上，包括莒哈絲，她以前是新小說家，現在走回傳統寫實路線，很受歡迎。

問：您先前提到大陸年輕作家的寫作趨勢，似乎您不太贊同？

答：對，中國年輕作家除了我剛剛說的少了一個寫作的衝動，還有一個問題，我們常說迎合讀者的寫作方式是不對的，現在卻有一批人在迎合外國人口味，像旅遊紀念品做老虎鞋、貓熊帽子一樣，以為寫這些外國人認識的中國就是民族色彩，我覺得這是很要不得的事，我認為好的作品首先要使中國的讀者了解，然後才能談到被別人理解。

問：最後一個問題請教您，請談談您對中國的未來看法。

答：八八年我初次赴歐，在法國巴黎龐畢度中心出席一場座談會，在場幾位中國作家向法國聽眾自我介紹，我的介紹詞是，我是一隻不合時宜的公雞，別的公雞五、六點才叫，我三、四點就叫，你提出我對中國未來的看法這問題，我立刻想到現在別人在睡覺，我這公雞又不合時宜地叫起來了。

為什麼這麼說呢？您可以意識到我的看法一定不是隨俗的。大陸目前形勢一片大好，美國《紐約時報》也看好大陸，說未來二、三十年大陸經濟會超過美國，歐洲人比較冷靜，看法也比較保守。我覺得大陸現在「救窮」的發展是必然問題，但依大陸的政治體制來看，應該能控制發展中的一切問題，事實上卻沒有，任何開發中國家會發生的問題，在大陸都集中發生，譬如教育、自然生態的破壞、貪污、黑道介入等等。我在一片大好的情勢之後，看到了深沈的悲哀。

散文心情

——給黛嫚的一封信

前些時候，在《中副》上看到您一篇訪問蘇雪林的文章，我十分喜歡，開頭第一段就把我給吸引住了。

上午九點的東寧街十分清靜。

由於距約定的時間還早，我們先給成大主任秘書蔡三元先生掛個電話，他說負責打掃的歐巴桑在，我們可以先進去。於是我們站在紅色鐵門外，按了不會響的門鈴，也在門口大喊了幾聲，然後對著毫無回音、冷漠的鐵門躊躇失措。

在這段文字裡，並無華麗的辭藻，也不見滿紙的形容詞，以及刻意雕琢和設計。文學自然離不開設計，您的這段文字也是有過安排的，不然如何三言兩語，僅一百餘字，就能將蘇先生居住的小巷的寧靜，以及院裡百齡老作家落寞的情境躍然紙上。但它的優點，是不刻意以技巧取勝，因此沒有文字障礙，讀來舒服極了。

近一二十年來，散文在出版界受歡迎的程度，一直一枝獨秀，即使是十分不起眼的散文，也不愁找不到東家替他出版。但是我不瞞您說，這些年，我非常怕看散文。尤其怕看那些「濃得化不開」的散文，它們是文字濃得化不開，而不是情感濃得化不開。年輕作家剛步上文壇，傳統的腳步還沒有走穩，便開始「現代」。其實他們並不了解「現代」，和許多現代詩人一樣，似乎覺得只要遠離傳統就是現代，這是多麼膚淺的看法。難怪他們歪歪斜斜的走不出自己的姿韻，走不出自己的性格，瀟灑不起來。梁實秋先生的散文短，但是瀟灑；周棄子先生的散文亦不長，但是瀟灑。我最怕作態的散文了。我對散文的這些意見，在多次聊天時，我曾向您提過，您亦有同感。

一個離家許久的人，家裡的一切都變得十分親切和友善。讀您的《失厝》，勾引起我四年前初次回大陸探親情景的回憶。與臺灣社會現況比較，我在浙江的老家，其破落情形，酷似臺灣山野的工寮。屋內連一把完整椅子也沒有，泡茶的茶杯是從外地帶回來的醬瓜瓶，而我坐在兒時睡過的木床床沿上，手摸床沿的那種感覺，舒暢啊！甜美呀！溫暖哪！世界上沒有任何形容詞足以形容我當時的感覺。我的心跳像是觸電般頓時靜止了。老家的房子是四合院建築，在走廊上，靠著木柱與來訪的兒時玩伴聊天，我的背不禁上下左右摩擦起來，您知道是什麼原因嗎？我想您小時候也一定長過痱子，臺灣的痱子粉滿街是，我們小時候痱子癢得難受時，唯一的「治療」法，就是背靠牆角或牆柱使勁磨。

您在《失厝》中回憶的「一座大灶、一具食櫥、和一座洗滌槽」，都已是我們生活中的陳跡了。您家的「食櫥」是不是竹子製的？那時一般家庭的食櫥都是竹子製的。您現在不過三十來歲，您如跟您的孩子講述您兒時生活的種種，就像是「講古」了。在臺灣，我們的生活變化實在是太快了。您說：「我對那座大灶最感興趣，那種放進一支木棒就會發出一陣火光的場景很教我吃驚」，蹬在大灶口添柴攪火的事，我最熟悉了。浙江山區冬天是很冷的，在積雪滿檻，滴水成冰的日子裡，我總喜歡擠在灶門口，火滅了，還會嘟著小嘴，用竹筒往裡吹風。有時會吹得滿臉都是灰，有意思極了。您這般年輕，沒料到您也有過這樣的童年。

與您一起工作這些年，只覺您處理事情動作很明快，也很俐落，採訪、寫報導的技巧愈來愈成熟，其他我便很少加以注意。我是寫詩的，詩人最需要靜觀功夫；而其他文學，又何嘗不是。您在《失厝》中有一段，寫晒穀場上的足印：「室內空盪，整日裡人來人往，足跡都印在上頭，別人或許沒有發現，但我知道，父親在這兒和做木工的叔叔說定蓋臥房的細節。」藉晒穀場上來來往往的足印，顯示父親為蓋房子而忙碌。我曾在大學裡教過一年的現代散文，如果是那時讀到您這篇文章，我會拿它去告訴學生我為什麼如此重視這一段文字。您說得很清楚，「別人或許沒有發現」，而您卻發現了，發現那些足印裡有父親為生活而忙碌的生命。顯然您很小時候，便已喜歡觀察事物，懂得掌握事物的性靈了。有這種性格和能力的人，日後走上文學和藝術的路，是必然的。

文學除了寫生活，我不知道還能寫什麼。您我都讀過《紅樓夢》，許多紅學專家們整天在作曹雪芹研究，曹雪芹身世考，以及大觀園和中國園林建築等等，學者們雖然樂不可支，但我認為這些都是《紅樓夢》末節。紅樓裡研究不出曹雪芹要傳達的社會思想、官制、或曹家的興衰等問題；也探討不出後四十回是否為高鶚所撰，近年已有人說後四十回仍出自曹雪芹之手，而問題是研究出來了又如何，對《紅樓夢》的價值沒有絲毫的增損。重要的它們都不是小說的本體，曹雪芹所寫的，要表達的，事實很簡單，全是他自己的生活，他在生活中的所聞。薛寶釵、鳳姐，活在《紅樓夢》裡，也活在您我的周遭。襲人很可能是曹雪芹自己就曾經驗過的女人。曹雪芹是官宦之後，因此，賈寶玉生活的環境，未嘗不是曹雪芹的生活環境。讀了您的《本城女子》，我深深覺得您已抓緊了生活，無論別人怎麼說、怎麼批評，您都要牢牢的抓緊它，不要鬆開。像《本城女子》這樣的題材，可發揮的還很多，我是否可以等待看第二篇、第三篇，甚至更多篇。

您主要興趣在寫小說，而《中副》的忙碌編輯工作，使您不得不權且跨步到散文的翠閣中作短暫的憩息。待腳勁練好了，乃至練出了飛簷走壁的輕功，再來攀登巔峰，您將懷念這段忙碌的日子。祝福您。

梁桂珍和她的書

梁桂珍女士是北二女名師。我喜歡北二女這麼個單純的校名，因此，它雖已改名中山女高多年，但我習慣上還是喜歡叫它北二女。

我說梁桂珍是名師，是有根據的。她曾獲趙廷箴文教基金會第一屆高中優良國文教師獎，獎牌之外，還有獎金十萬元。這個獎我了解，評審者多為教育界、國學界俊彥之士，競爭者又多為全國高中最優秀的教師，名額又少，所以得來十分不易。梁女士是今年師鐸獎得主，我在報紙上看到她的名字時，第一個反應就是「實至名歸」四個字。我還常常看見她出現在電視的螢光幕上，解答聯考等有關國文方面的問題。

梁桂珍是內子素貞大學同學，她們兩位功課都非常優秀，所以雖然一個是香港僑生，一個是草根味頗重的本地生，卻成為十分要好的朋友。在師大，梁桂珍以第一名優異成績畢業，當年的系主任——已故的國學大師程發軔教授原本要留她下來當助教，但是被她婉謝了。因為當時香港新亞書院有一批令她十分仰慕的學者，如唐君毅、徐復觀、牟宗三等，她決定回去到「新亞」唸研究所，而放棄師大這邊助教之後講師、講師之後副教授、教授的絕佳發展機會，當時的助教還可以一邊工作一邊修學位的。她棄工作而就良師這種精神，如不是對學術研究具有特殊的情懷，在這個處處充滿功利的社會，是極少人做得到的。

說也奇怪，這個一直希望以學術研究為終身職志的人，同時又有很多機會到大學裡教書，她卻甘之若飴的留在中山女高二十多年。而且愈教愈起勁，去年健康檢查，發現患了癌症，她非常鎮定，一點也不感到恐懼，做了切除手術之後，照常回去帶高三畢業班，繼續寫文章作研究。

一般而言，臺大、師大等前面幾所大學畢業的學生，就業被錄用的機率總是比較大。我看卻不盡然，我在面試新進人員時，問的第一句就是：「中學是在那一所學校唸的？」如果是建中、北一女、附中、北二女，即使大學是落在三四流學校，我對他也會充滿信心加以重用。因為在聯考制度下，數理成績不好的人，即使以後可能是偉大的思想家，也無法進入一流大學的。所以我寧願相信中學，而不相信大學。當然，文法科方面比較準。梁女士捨大學而就中學，安於二女中二十餘年，而不爭取建中、一女中，大約也發現人才的培育其實不關排名。更值得注意的是，她每年接收高三的班級，不拘高一、二年級時班級的國文成績優劣，照樣奮力提攜督導，把負責的國文班帶出相當高的水準。從這點可以看出，梁女士確實不愧為名師，她有耐心有愛心，有教無類，更重要的是：她確實有一套高明的國文教學方法。

我辦的最得意的一份雜誌，是《國文天地》月刊，創刊號印了一萬冊，一週內賣罄，再版六千冊，創臺灣雜誌界的紀錄。梁女士在我的邀請下，為該刊寫了很多很受歡迎的文章。《中央日報》是份文化特性極強的報紙，《中副》之外另有《長河》副刊，內容著重文史及傳記。此外還有三年前闢的《中學國語文》週刊，旨在提供中學生及中學教師國文知識之進修，和教學心得交流等。梁桂珍也在我主持的這些版裡發表過不少文章，梁女士文章最令我激賞的是涉獵範圍頗廣，文字不俗，觀念不迂腐，別少覷這幾個字，我從事文字工作幾十年，發現能具此素養的人，真是寥寥無幾。

她八四年出版《國語文教學的多元探索》這本書，曾引起教育界相當大的迴響，並獲得教育部中小學教師研究著作獎。現今她又出版這本新書，非常值得為她喝采。此書內容多篇我曾細讀，如《怎樣突破命題作文的局限》、《怎樣飛越應試作文的險關》，只看題目就知道內文有「文章」。它有理論，也有實際經驗，同時有學生作品的驗證，十分實用。我是個反對作文實用論的人，寫文章也從不遵循任何理論，但我相信經驗傳承是創新蛻變的第一步，如果這一步都不願將腳高高提起，重重地踏下，哪還有下一步，和更遠的路？

元好問絕句：「鴛鴦繡了從教看，莫把金針度與人」，將「金針度與人」是要有相當氣度的人才能做得到，今梁桂珍將教學數十年的珍貴經驗，沒有保留地將它寫下來，傳授給與她同樣對國語文充滿研究興趣的人。梁女士的這番苦心，相信必能獲得應有的回報。在此讓我再一次地祝福她。

羊令野與《南北笛》

羊令野一生最愉快的日子，應該是在嘉義主編《南北笛》詩刊的時候。《南北笛》是由他和當時在國防會議任職的名翻譯家葉泥共同主持，他們兩位一位在北一位在南，《南北笛》的命名，大概就是這個緣故吧！我也是在這個時候認識他們兩位。

民國四十五年三月，《南北笛》借嘉義《商工日報》一塊版面而隆重創刊。共出版了三十一期，《商工日報》也因此而知名於文化界。

《南北笛》停刊最感痛惜的可能是我，因為它給我的鼓勵最多。我的第一首詩發表於《現代詩》季刊，對紀弦提掖年輕人不遺餘力精神，雖然一向至感欽佩，但回顧我個人的成長受到照顧最多的，卻是《南北笛》。這一點，我如果在羊令野生前告訴他，他一定會非常高興。

只是過去的一二十年，我日夜投入工作，少有閒情與朋友閒聊當年的事，所以《南北笛》的這段往事也埋入記憶中了。

《南北笛》擁有全臺灣最優秀詩人的作品。詩人們給人最壞的印象，就是太喜歡分派立戶了。這有點像遺傳，一代傳一代，過去年長詩人如此，現在年輕一代詩人亦復如此。但很奇怪，在當時，各路英雄投稿給《南北笛》，會師在《南北笛》，卻均能相安無事，無須擔心「盟主」或同門師兄弟會不高興。所以大家都樂於到這裡交朋友。當然，最主要是羊令野、葉泥兩位凝聚力強，尤其葉泥是詩壇的和事佬，是詩人們的調人。所以《南北笛》發行的時間雖不算長，卻留給人們無限的追思。

記憶中，《南北笛》的版面非常清新、雅緻。它用了楊喚一幅「吹簫人」素描做刊頭，使版面倍感活潑生動。英年夭折的天才詩人楊喚是葉泥的至友，他的死，葉泥比誰都傷心。從拿「吹簫人」做刊頭這件小事，可知葉泥對楊喚懷念之深之切。

我一開始就不是多產作家，雖然那時當兵時間比較多，工作比較單純，站衛兵、上政治課，都可以想自己的東西，打腹稿，可是多半是片段，極少完整作品。但那時我畢竟年輕，我有個宏願，要用不同的筆名在不同的刊物發表作品。在《南北笛》我署的是真名，所以最初羊令野和葉泥以為我是全然的新人。我也樂於扮演這樣的角色。

羊令野對我的詩頗為偏愛，我每寄去作品，他總是隔期便以頭題刊出。刊出之前，他總不忘以毛筆寫一封信先稱讚一番。他對我的詩評語最多的是有「真性情」。而同時他也會藉機訓誡我一番，強調做人比寫作更重要，如果做人失敗，作品寫得最好又有何用。這完全是典型中國讀書人所信奉的人生觀、大道理。這跟現代某些評論家認為人品與文品是可以分開來討論的，多少便有些不協調了。但他的話對一個剛要開始塑造自己、雕刻自己的年輕人而言，卻影響深遠。

羊令野對我的作品的重視，等於給了我信心和力量，在文學的路上，是他將我向前推進一大段，再也找不到回頭的路。

我主持《中副》，同仁最常聽見我嘮叨的是，對年長作家一定要尊重，對年輕作家一定要重視。以此態度處理稿件，絕不會有錯失。對初次投稿來的年輕人的作品，我都會自己細心加以品讀，如能在其作品中歸納出幾項特色，都以最顯著的位子予以刊出。這多少受到當年羊令野的影響。在此，我透露一件發生在《中副》的往事，一位應徵《中副》編輯工作的某大學研究所研究生，由於她的父母希望她專心唸書，不希望她分心，因此沒能來《中副》工作。我在遺憾之餘，便未經她同意就將她隨應徵函寄來的一篇短文，在頭題的位子刊了出來。結果反應極佳，有人紛紛打電話打聽這位新人。她的作品參加去年一項文學獎的時候，評審先生的評語是好到找不出它的缺點，而一致通過她獲獎。那是她無心插柳下所寫的第一件作品。她現在已小有名氣，如持之以恆，將來必成大家。所以，此後逢有問我主編《中副》多年有何感想時，我都會將發現這位年輕朋友的經過重述一遍。我常因發覺這位年輕人而感到無比的欣慰。而羊令野曾幾次來信，要我一回臺灣，就去嘉義看他，想必也是與我此時同樣的心境吧！那時我正在金門服役。

羊令野可以說是全才。詩、散文、書法這三方面都有相當傑出的成就。詩方面，無論新詩舊詩他都是能手，且能互相貫通。但他以寫現代詩為主，他的《貝葉集》是其代表作。後人常有以佛理禪意入詩者為上品。而少有人知道在臺灣羊令野是第一位在「貝葉」下擷取詩意的詩人。散文，他亦能自成一家。只是有時詩意稍濃，但將詩意經營進散文，增加散文的密度，是三十年前文風之一，不足為病。至於書法，羊令野是藝壇書道名家，蒼勁中益顯風骨嶙峋，索求者眾。三年前，辛未春節，邀其來家小酌，他帶來「婉轉清歌擊壤淚，艱難孤憤補天心」杜甫〈秋興詩〉句長條一幅相贈。據云，這是他生前寫的最後一幅字，因此後他即因病手抖，不能再執筆，所以彌感珍貴。

他長年獨居永和，近年更是足不出戶，幾近與世隔絕。上月初，猝死寓所，數日後始被人發現，益發顯出他的孤寂。悲哉！斯人。

高陽故事寫不完

高陽是一個寫了一輩子文章，卻也窮一輩子的人。

他的崛起、成長，乃至於去世後的喪葬事宜，都與《聯合報》關係密切，由於我曾在《聯合報》任職，跟他同事過，因此對於他的性情、行事有一些了解。聽到他過世的消息，我內心甚覺哀痛，回想起他生前的一些故事，總覺歷歷在目，令人緬想，也令人感慨。

高陽最先是擔任《中華日報》主筆，寫一些非小說類的雜文。後來進《聯合報》，一直受到聯合報系王惕吾董事長及現任《聯合報》發行人劉昌平先生的鼓勵。他今天之所以能享譽海內外，出版近八十部書，除了他個人的博學與旺盛的創作力之外，這兩人對他的激勵與全力支持也是非常重要的原因。

三十幾年前，時任《聯合報》總編輯的劉昌平，年輕且企圖心強，加上當時報紙的張數較少，因此他從新聞版面到副刊都一定過目，尤其是對副刊連載的長篇小說，劉昌平一定親自決定，因為連載小說往往一刊就是一年半載，有時內容也無法事先掌握，因此當時都是由他決定。後來，他就約高陽寫長篇歷史小說《李娃傳》，這是高陽的第一部歷史小說，可以說是在劉昌平慧眼挖掘下，高陽在這方面的才華才得以發揮、展露，沒想到這部小說使他走上歷史小說創作的道路。

很多人也許不曉得，林海音女士在主編《聯副》時，劉昌平曾用激將法鼓勵她寫小說，因為劉昌平認為，副刊主編本身一定要有好作品，主持編務較能得心應手，於是林海音才完成那部膾炙人口的小說《城南舊事》。後來，劉先生升任社長，基於職務分際，他就不再過問副刊長篇連載的事了。

高陽另一部掀起風潮的小說《胡雪巖》，商場上的中外人士無不爭相閱讀，做為華洋生意往來的參考。這部小說也是當年聯合報系創辦《經濟日報》時，劉昌平鼓勵他寫的，因為他是浙江杭州人，對此事也耳熟能詳，加上他嫻悉清代歷史掌故，因此能寫得生動傳神，一時洛陽紙貴，風靡港臺。

凡是曾與高陽來往過的副刊主編都知道：他一向不按時交稿，有時喝醉酒，躺在聯副辦公室的沙發上睡，醒來才趕緊寫，一邊寫一邊交給排字房工人，連主編也不知明天的內容是什麼。可以說，大家看到他都很頭疼，可是他寫的小說實在真好，又擁有廣大讀者，因此對他也是真心地尊重、配合。有趣的是，他唯獨寫《李娃傳》時不然，或許是對劉昌平的知遇之恩吧，他一定如期交稿，而且從不缺稿。

除了劉昌平先生對他照顧有加外，王董事長基於愛才，也一直非常關心他，在生活上完全加以支持，例如當年他離開《中華日報》時，欠了一筆為數不小的債務，就是王先生一口答應負責還清的。不僅如此，還特地請他住進陽明山上的聯合報招待所，以便在清幽的環境下可以安心寫作，可是不久他就待不住，跑下山來了。於是《聯合報》又安排他住進現在興隆路的家中。終其一生，寫稿無數，賺錢也多，可是他卻始終沒有真正屬於自己的房子。

王先生每天工作極忙，但對高陽的小說是每天必讀，如果沒看，總覺那一天好像有事沒做完一般。正是基於這種愛才之心，只要他有困難，王先生一定施以援手。例如每年過年，他雖有版稅、稿酬，但總是不夠用，這時他就會到董事長辦公室走走，王先生總會問他：「今年過年怎麼過呀？」他就聳聳肩、擺擺手，王先生見狀也就知道他需要一些錢花了。

最令我感動的一件事，是高陽上次住院時，王先生也住院，聽聯經出版公司總經理劉國瑞談起，當他去探望王先生時，王先生第一句話就是問：「高陽的病情如何了？」可見其對高陽念念不忘的真心關懷，而這份對作家愛護的深心，也令藝文界人士感到十分溫暖。

高陽出身世家，在書香門第中成長，對物質享受司空見慣，雖然窮，但吃昂貴大餐、開進口名車、穿名牌衣服、住高級飯店，樣樣享受他都喜歡。凱悅飯店剛建好那一年，他領了錢就去住上幾天，覺得很痛快；他好客，一請客就是一桌上萬的好菜；據說有一次，他預支了一筆錢要佈置新居，以便安靜寫作，結果錢拿了，也確實去買家具，但他卻煩惱地說：「我還是搬不進去新房子呀！我買了一張法國沙發椅、一個酒櫃，錢就沒了，沒有書架，怎麼搬家呢？」這就是高陽。

他寫作二十餘年，除了歷史小說，也寫過現代小說，每年平均寫一百萬字，總共寫了二千多萬字。既然出了這麼多書，又有可觀的稿酬，為什麼會窮呢？因為他曾想做生意、買股票，卻欠下一大筆債，只好把書的版權賣斷，因此，不管書銷得再多再好，他也拿不到一分錢。

我與高陽並未深交，記得第一次看到他，是我在聯合報編新聞版時，一晚他來送稿，有人告訴我那就是高陽，他不修邊幅的模樣，幾位女同事們看了頗為失望，因為她們以為高陽定是個風流倜儻的瀟灑才子。我與他有機會接近，是在主編《臺灣時報》副刊時，請他寫稿，他答應了，而且按照他的習慣，預支了一字一元的六萬元稿費，在十多年前，這筆數目不算少。二年後，我準備辭職，而他的稿債尚未還清，還差一萬六千字，可是他還是在我辭職前趕了出來。由此可見他對朋友道義的重視。我編《中央日報》副刊也是預支稿費給他寫稿，其實各報副刊皆然，因為他的小說實在擁有廣大讀者。

可是，採用他稿子的主編都有類似慘痛的經驗，即他交稿總是拖拖拉拉，有時必須趕到他家去拿稿，好幾次他出國，連載只得暫停，不管是編輯、排字工人都不勝其煩，卻也都因愛才而容忍他。

編《臺時副刊》時，我去採訪他，請龔鵬程先生協助整理文稿，並擬妥問題向他請教，龔鵬程是個有心人，不僅把高陽的小說都拿來翻讀，草擬的問題也都甚獲高陽賞識，因此兩人成了忘年之交。以後兩人時有書信往來，高陽一度想搞出版事業，還曾力邀他主編《清朝十大疑案史料輯考》及《十朝詩乘箋注》兩書，可惜此事後來不了了之。在高陽的小說中，如《楊乃武與小白菜》、《三春爭及初春景》、《曹雪芹別傳》等，可以說寫盡男女情感的深蘊奧義，但他現實生活中卻是個婚姻失敗者。不過，他對人真是有情，也極懂知恩圖報，聯合報只要有事找他，一定鼎力協助，如文藝營佈置會場，他可以連夜寫書法提供，不以為苦。他也喜歡上課，可是他一口濃重浙江口音，加上想到那裡說到那裡的性格，很多學生聽不懂。不過，主辦單位仍會為他安排課程，讓他盡情盡興。

其實，他的故事是說不完的。他是個閒雲野鶴的讀書人，也是才情洋溢的文壇怪傑，更是一個有性情、風骨的好朋友，他的去世，令人哀傷，也令人懷念。

記得上次住院，聯合報基於對他在文學成就上的肯定，有意替他出版《高陽全集》，由劉國瑞居中奔走連繫。經與其他出版社商洽未獲同意。不過，後來已談妥由聯經、皇冠、風雲時代三家出版社，各捐出一百套高陽著作，合訂發行精裝本《高陽全集》。

有關他的治喪事宜，劉昌平先生在他病危之際，已有完善的設想，他覺得應有別於一般傳統的告別式，最好由各報副刊主編（曾邀他寫過稿者）一起合辦，別開生面地安排一場有高陽生前之風的喪禮。因為，像高陽這樣的作家實在少見，以後恐怕亦難再有。對一位寫了一輩子文章的人，這樣的紀念方式恐怕才是最有意義的。

細讀顏元叔的散文

◆散文寫作是顏元叔的大業

看了這篇文章的題目，再看文章的內容，顯然，我犯了新聞學上的大忌——不夠準確的毛病。十多年來，一直視散文寫作為「大業」的顏元叔，先後已經出版過十幾本散文集；他發表於報端的文章，我雖然也從不放過，但都談不上細讀。最近，臺北九歌出版社出版他的《善用一點情》，是一本專門寫給青年人讀的書。這類書很難寫，很容易落入俗套，「俗套」是所有文學家、藝術家最不願意聽見的批評。顏元叔蒐集在這書裡的文章，有好幾篇，如〈女生與解析幾何〉、〈做一個古典主義者〉以及〈往事點滴〉等，見於報端之初，我就曾向顏元叔建議，這類文章的風格，無論就文學的觀點，或現實社會的需要，都值得持續發揮一個時候。顏元叔說：「讀聖賢書，所為何事？談文學，豈是守在象牙塔裡？文學不是教我們面對現實，猛對現實嗎？」我深具同感。因此，當這本書寄到手以後，我切切實實花費兩個星期的時間，從頭到尾，一字不漏地看過兩遍。所以，如將這篇文章的標題改為：「細讀顏元叔《善用一點情》」，才是準確的。

顏元叔在書的序文〈寫在前面〉裡，強調寫散文是他的「大業」時說：曾有「三兩朋友」反對他寫雜文，認為他寫雜文「是小技」、「是淪落」。這裡我得承認，我是反對他寫雜文最早的人之一。早到什麼程度呢？前幾天跟幾位年輕朋友一起吃飯，其中一位雖在同一座大樓出入好幾年，最近才得以認識的黃台瑾先生，是六十三年才從政治大學畢業，席間談起他做學生的時候，同學們對顏先生的仰慕之情。我即掉轉頭問顏元叔：「那時你大概還沒有寫雜文吧？」他即笑著糾正說：「那裡！那時你已開始反對我寫雜文了。」

◆顏元叔旋風

其實，我不是反對他寫雜文，而是反對他因寫雜文而荒廢他的所學。我想大家都還不會忘記，十多年以前的臺灣文壇，因他的批評，所造成的「顏元叔旋風」，所及之處，無不優劣分明，好就是好，壞就是壞，即使最好的朋友也絕不留情面。因此，他得罪了不少「大作家」、「大詩人」；但也因此贏得了不少年輕朋友對他的崇拜。他的批評，對臺灣文壇的影響究竟有多深呢？小說等我們暫且不說，就詩而論，最明顯的有兩點：一是研究舊詩詞方面，年輕學者論詩，已不再捨本逐末，拘泥於作者生平的考據，將作品作為作者傳記來研究，而能將作品價值獨立出來，這顯然是接受他對新批評理論的引介的影響。二是現代詩壇詩風的大轉變：就語言形式說，成熟的現代詩人寫的詩，大致都已能力避晦澀，迎向明朗，盡量朝向生活化、口語化去努力。為追求唯美而寫詩的風氣，可以說已完全沒有了。就內容方面說，昨天剛收到吳晟先生主編的一本現代詩選：《大家文學選》，內分家園篇、社會篇、生命篇、自然篇、親情篇及友情篇與愛情篇等，可見現代詩的內容是愈來愈豐富，題材的追求是愈來愈廣泛了。從紀弦先生於民國四十一年創辦第一本現代詩雜誌《詩誌》以來，臺灣的現代詩運動，迄今已整整三十年。三十年來，詩壇以外的作家和學者，真正關心現代詩發展，肯定現代詩價值的，顏元叔是第一人，將現代詩帶進學術研究與學術批評的，顏元叔也是第一人。因此，今日現代詩壇能出現一個眉目清秀的氣象，我們不能完全說是由於詩人們的自覺，顏元叔的「忠言逆耳」，至少對這個「自覺」是具有「喚醒」作用的。

今顏元叔視「雜文」寫作為「大業」，同時已建立起他自己特殊的成就與貢獻，我們如仍不能以鼓勵來替代過去的反對，便有失朋友交遊的原則了。我這篇文章，就是基於這個認識和動機下完成的，至於它本身成不成文，對顏元叔的作品能看中幾分，有無看走眼等，便都不在考慮之內了。

◆應接不暇的問題

研讀顏元叔的作品，包括他散文以外的作品，我想大家都會有個共同的感受，那就是，首先獲取我們的心，震懾我們的心的，不是他的文字，而是一個緊接著一個，甚至節外生枝地，使我們應接不暇的問題，此並非他的文字不夠好，缺乏吸引力；而是他提出的問題都太強烈，使我們不得不專注於問題的思考，而疏忽了對他的文字的揣摩與欣賞。十六、七年前，他有感於臺灣文學缺乏知性，過分濫情、過分傷感、過分側重於情緒的宣洩，而提出了「文學是哲學的戲劇化」的定義，曾引起普遍的爭論。十年前，他又有感於許多對文學認識不深的作家，把文學當作政治或道德的宣傳工具，又使他不得不修正他的文學定義，而提出「文學是人生的語言化」與「文學是人生的全面研究」的「口號」。去過日本的人不計其數，但他去了趟日本回來，即著文向國人提出一連串的問題。前一陣子電視臺播個不停的節目「日本能，我們為什麼不能？」就是他在一篇文章中首先提出來的。散文是最適合敘事和說理的文體，顏元叔喜歡寫雜文，這可能與他滿腦子全是「問題」不無關係。

而顏元叔的文字又是如何呢？

我為了寫這篇文章，除了讀顏元叔的作品以外，也翻閱過不少前人和當代人的散文。比較之下，我發現顏元叔已經創作出一種非常特別，而又十分適合於他自己寫作的文體；它「不」優美，也「不」雋永。讀者應當看得出我將「不」字加引號的特別用意：我的意思是說，他不追求「優美」和「雋永」，因為它們都不是一個文學工作者創作文學所要追求的第一要義。但是顏元叔的文章，卻是文字扣緊文學，句句「落實」意象（思想），也使意象顯得特別的「落實」。看得出來他是為表達思想寫文章，並不是為寫文章而寫文章。如是為寫文章而寫文章，像「我從頭到尾把臉拉長如馬面，聲音壓扁如甘蔗滓」，以及「十年以來演講，全是炒現飯，你說倒胃口不倒胃口」，都是相當「奇險」，而不合成規的。因為一般都說將聲音「壓低」，而很少說將聲音「壓扁」的。顏元叔不以「低沈」或「喑啞」來形容他演講所表現的不耐煩的聲音，而以「壓扁的甘蔗滓」來形容，這中間所表現的，豈止是「難聽」而已，它還包含著多少的「無可奈何」。因此，我不僅不覺得這個句子用字有何不妥，甚至還覺得它好得無以代替的地步。再是，顏元叔將「成飯」說成「現飯」，難道他不知道「成飯」這個詞？不是的，而是在這裡「成飯」，就是沒有「現飯」好；「現飯」除了現成的飯之外，還有現買現賣一語雙關的意思。老實說，這就是文學。

◆別出心裁的顏元叔體

我認為即使我將顏元叔這種為文學的需要而打破成規的體裁，稱它為「顏元叔體」，也不算過譽之詞。明代以清新輕俊見長的公安派作家袁宏道說過：「惟夫代有升降，而法不相沿，各盡其變，各窮其趣。」「且夫天下之物，孤行則必不可無，必不可無，則雖欲廢焉而不能。雷同則可以不有，可以不有，則雖欲存焉而不能。」一個優秀的作家或詩人，確實都應該有他自己與眾不同的風貌。相反的，也是最可悲的，是寫了一輩子的文章，仍無自己獨特的文體的人，這種人的文學成就自然也就很有限了。

現在我們再回頭來看看他的「問題」。他的「問題」為什麼會有那樣大的「震撼」力？依我看，主要是由於他的「膽識」過人。有膽無識是梁山上的草莽英雄，只能作打家劫舍的勾當；有識無膽是中國平劇裡手執摺扇，說話唯唯諾諾的，扮相好看而實在無用的書生。顏元叔究竟有無膽識？我想我們大概都還記得，當年他以一記反掌擊得於梨華的脖子到現今仍扭正不過來，只好繼續向「左」的事吧！臺灣文壇，於過去的二十多年來，對海外作家，一直都是很禮遇；不但稿費從優，稿子亦都是優先發表。於梨華在這方面是何等「聰明」的女人，便抓住機會不放，寫留學生「故事」回臺灣打「知名」度，不出幾年，她竟成為臺灣旅居美國最負盛名的女作家了。後來她就是靠著從臺灣賺去的那點名氣鋪好去北平的路的。當顏元叔本著藝術良知，引經據典將於梨華的作品好好的批斥了一頓。雖然大家都說顏元叔說得對極了，可是在此之前，卻沒有一個人敢大聲說她一句不是。同樣的，在這本專寫給年輕朋友們閱讀的書裡，他也是習性不改的，談了許多別人所不敢談的問題。譬如說：他在《善用一點情》一文中，劈頭就說：「要是有人說，中學生不該談戀愛，這是廢話。」我相信每個中學生都很喜歡聽他這句話。因此，當本書出版不到一個月，就已經售出去四五千冊時，我便覺得是極其自然的事了。不過年輕朋友不要太高興，顏元叔贊成中學生談戀愛，可不是有天他在咖啡館看見的那種戀愛：「一對高中生模樣的男女，一走進來，書包往咖啡桌上一摔，好像丟下千斤重擔，男的從口袋拈出一包三五牌香煙，叨了一支在嘴裡，打火機啪噠一響，深深抽了一口，長長地吐出濃煙，好像說人生好疲倦啊，然後他把煙插入女的嘴中，一隻手舞過去，抱住了她的肩膀，兩人便消失於煙霧中。」顏元叔這段描寫傳神極了。筆者也曾多次看見這種鏡頭，真有目不忍睹之感。顏元叔又說：「現在的國中學生喜歡跳黑燈舞，把燈熄了，貼面緊舞。」接著他便諷刺說：「這種舞可以把身子提起來，但大概提不起什麼人格，黑燈舞應該是成熟爛透的成年男女跳的舞，國中學生提早成熟，那是提早霉爛，像一支發黑的香蕉。」顏元叔所主張的中學生的戀愛，是怎樣的一種戀愛呢？他有段話，是任何年輕朋友只要稍微想想，便都會覺得很聽得下去的。他說：「以戀愛為正業是電影騙人的玩藝兒，現實人生裡只在求婚時那麼曇花一現，而且只是說說而已，在其他時間，愛情永遠是副業，你也許覺得我這個話太殘忍，敲碎了你的五彩皮蛋，但事實如此。劇本裡的羅密歐，好像日夜都在向茱麗葉談戀愛；其實劇本外的羅密歐，一定在猛克英文，要不然他英文詩句怎麼說得那麼優美？」顏元叔所主張的中學生的戀愛，是要為戀愛而讀書，為讀書而戀愛。他的方法是：比如「清晨六點鐘，隔著一面圍牆，你讀一句英文，她讀一句英文；圖書館裡，頭對頭面坐，你做一題數學，她做一題數學；甚至打個看電影的賭，看誰先把《滕王閣序》先背熟。」我覺得像這樣戀愛的年輕人，並非完全沒有，只是前者比較常見罷了。

◆雜文是有效的噫吐工具

膽識之外，他行文語氣的果斷，不容商榷的餘地，亦增加了他問題的重要性和說服力。譬如說，我們反對他在雜文方面花費太多時間，他則說「我自己對於寫雜文，了無遺憾」。而且視它為「大業」，我們便不得不讓他三分了。他繼續說：「面對這個時空，雜文是有效的噫吐工具。」「人生已夠苦惱，閒愁閒慮沒有閒工夫。面對現實，吹打彈唱，就是雜文。」我們就不得不對他的看法認同了。如再想想，我們寫詩寫小說，儘管你如何寫實，總是隔了一層，對現實很難發生直接的影響效果，令人確有「閒愁閒慮」之慨。我十分欣賞他這裡用的「噫吐」兩字。《莊子・齊物論》：「大塊噫氣，其名為風。」大塊是大地的意思，「噫氣」即是席捲大地，或者搖醒夏日小樹的風了。顏元叔寫雜文，乃是為了如風般的向現實時空「噫吐」，帶給萬物以生態。我認為它好，是用在此處，除了「噫吐」，用其他任何詞句，都無法引動文內意象的美。文學的美，不在字的表面，而在內在的和諧。懂得文學的人，會說顏元叔的語言是文學的語言。不懂文學為何物者，才會說「我們剪下最後一片雲」是多麼美好的詩句。而我們遇到這種情況時，我們不要與人爭辯，因為後者總是居多數。顏元叔說他寫雜文是「大業」，從他對用字遣詞的考究情形，就可看出其不同於一般雜文家寫的「雜文」。我們再看下面的這些句子：

前文說「愛情是副業，不是正業」這一段中，有兩句：「你也許覺得我這個話太殘忍，敲碎了你的五彩皮蛋。」讀者有沒有特別注意到這個「個」字，一般說話，只要「你也許覺得我的話太殘忍」也就夠了。它和〈女生與解析幾何〉中的：「只見一截白蔥似的玉指，伸入習題本的區域」的「一截白蔥」，以及〈不要請我演講〉裡的：「那溫柔的聲音攤出一口咬定的堅持」的「咬定」，都屬同一性質的手法，以具體的影像求取實感。首句是為了「敲碎五彩皮蛋」，那個「個」字，與一「塊」石頭、一「把」錘子的「塊」和「把」是一樣的，全是單位名稱。他的用意無非是想藉這個「個」字，將他的話具體起來以對付「五彩皮蛋」。第二句以「一截白蔥」來形容手指，比「纖纖手指」、「白嫩的手指」要好多了吧！也只有「白蔥」才能「區域」取得和諧。第三句「堅持」的前面加「咬定」，幾乎好得再也找不出別的形容詞可以使「堅持」更堅持了。在顏元叔的文章中，這類句子太多了，如我們輕易放過，不加以咀嚼，無疑是一大損失。我常常告訴我的學生，學習文學創作，必須先學習不用形容詞，然後學習如何以名詞、動詞做形容詞。在顏元叔的文章中，更證實了我的話的正確性。顏元叔還將雜文的定義放在「吹打彈唱」四個動詞之上，可謂是用心良苦，效果突出。

◆吹打彈唱的涵義

我似乎記得是劉紹銘抑或誰曾經說過，這個時代是雜文的時代。可是時至今日，卻仍然很少人承認「雜文」是文學的一部分，或者是散文的一種。在大學裡教授散文的先生，大概都會引用北宋姚鉉的《唐文粹》，姚鼐的《古文辭類纂》，以及曾國藩《經史百家雜鈔》，來講授散文的分類，將序跋、奏議、書說、詔令、碑誌、雜記等都納入散文的「正統」；否則，他們無法將歐陽修、蘇軾等列入散文大家行列，課便講不下去了。可是唯獨不肯承認在臺灣愈來愈盛行的雜文是散文的一種。何以會有此現象呢？會不會是受魯迅「嘻笑怒罵」皆文章的影響，認為文章是何等莊嚴神聖的事，怎麼可以作「嘻笑怒罵」之事？現今顏元叔又認為「雜文」就是「吹打彈唱」四字，大概一樣的不會被冬烘們所接受吧！就表面看，這四個字，也許確實跟魯迅的「嘻笑怒罵」一樣的不夠嚴肅，一樣的不夠格進入文學的殿堂；甚至還會使我們想到跑江湖耍雜耍的，向圍觀的人「彈彈唱唱」，然後伸手討幾個錢度日的情形。假若我們確實是作如此想，那麼我們確實是錯了；我們確實經不起顏元叔的「風趣」捉弄了。

「吹」的正解是「噓」，或「以氣推聲」的意思。而在顏元叔的定義裡，我以為「吹毛求疵」裡的「吹」，最適合顏元叔的意思。社會上的許多病象，往往被非常巧妙的掩飾著，如不是有心人仔細觀察，將掩飾在上面的那一層可能還是絨「毛」「吹」掉，是很不容易發現的。一般解釋「吹毛求疵」，是故意找麻煩的意思。而文學家對社會的批評，事實上就是故意找麻煩。如不故意找麻煩，也就不會有文章可寫了。「打」字是批評或抨擊。它如和上面那個「吹」字連起來，無非是要對現實作「吹毛求疵」式的批評或抨擊。「彈」有劾的意思，《唐書・陽嶠傳》：「其意不樂彈抨事」，《後漢書・史弼傳》：「州司馬不敢彈糾」等。「唱」通「倡」，是導的意思，《後漢書・臧洪傳》：「為天下唱」，《法華經》：「是四菩薩，於其眾中，最為上首唱導之師。」我們常見許多「夫唱婦隨」的新聞標題，如果編輯先生和讀者，都將它看作是丈夫唱歌太太跟隨，就大錯特錯了。顏元叔的這個定義，很明顯的是認為雜文是要對社會善盡言責。可是絕不是一味責備，專是指責無益於事，還應該作啟導的工作。

為了證實我對上面這個定義解釋不錯起見，我們還是到他自己的作品裡找證據吧！在〈女生與解析幾何〉裡，他說：「你們這些年輕人，大概不知這個『與』字功夫之大之深，之淵之博，之遼之闊。蓋我國之四維八德或八德四維，無不與『與』有著如膠似漆的關係。」然後他以教訓的口吻說：「你們聽著吧，忠者是君『與』臣的關係，孝者是父『與』子的關係，仁者是此人『與』彼人的關係，愛者是男『與』女的關係，信者是商人『與』商人的關係，義者是朋友『與』朋友的關係，和者是兄弟『與』兄弟的關係，平者是國家『與』國家的關係。」我們先不要管他對四維八德的「新詮釋」是否正確。可是只要我們對四周的環境，平日稍加留意，就會察覺他的「新解」不是無中生有，而是由於很深的感受激發出來的。他藉一個「與」字，對我們的社會和時代，作了非常溫柔而嚴厲的批評。他說：「這個『與』字位居關鍵，從上面任何一句話將它抽出，那句話就不成話了。」既「不成話」，四維八德這個體統也就別想維繫了。顏元叔的責備之中，未嘗沒有「倡」的意思，他要大家在這個「與」字上多想想，只要「與」做好了，其他也就動搖不了了。所以他說：「與其在八個字（八德）上下工夫，不如就在一個字上下工夫。」

◆沈痛的諷刺

我們再看他在〈大學生吃法國點心〉裡，是怎樣諷刺我們如何的不懂國際禮貌。臺北法國文化中心派在臺灣大學教法文的一位女教師，熱心教學之外，更熱心國民外交，為了做法國糕餅請學生，還專程跑了趟香港買佐料。可是她精製的點心，消耗之快，完全出乎這位女老師所料。她說：「二十分鐘就吃光了。」為什麼會吃得這樣快呢。顏元叔事後警告這個女老師說：「她既然一定要開這個酒會，就該事先了解，中國人參加酒會專為一個『吃』字而來，什麼文化交流，國民外交，那是空談——咱們的外交是只講『實質』的。」在這篇文章裡有一段描寫他與朱立民的對話很精采，朱立民說話的神情語氣，把握得相當逼真。限於篇幅，還是請讀者自己去欣賞吧！朱立民是酒會開始後三十分鐘到達會場的。可是此時桌上的點心全完了。有位來來飯店派來會場幫忙的女服務生對朱立民說：「我沒有見過大學生這副吃相。」顏元叔便抓住朱立民轉告他這個女服務生的話，好好的將這群臺大學生修理了一頓。他說：假若是朱立民換上他，他「一定要反駁這位服務小姐：小姐，你唸過大學嗎？你唸過中華民國首屈一指的國立臺灣大學嗎？你沒有唸過，那你有什麼資格批評大學生，特別是全中華民國最優秀的臺灣大學的大學生？你知不知道，咱們國家的未來就全部在他們的掌握裡，你膽敢侮辱我們國家未來的主人翁?!」顏元叔特別強調臺灣大學，言外之意，是臺大學生都如此，其他大學學生就更不足論了。老實說，顏元叔好在是臺大教授，家醜外揚，還有句「愛之深責之切」的話可以抵擋。如果是局外人來寫「臺大人」這副「吃」相，我們模仿顏元叔的口氣說一句：「這還得了，這還了得。」因為誠如顏元叔所說：「自己的學生怎麼可以罵呢！學生是門生，門生是該哄著哈著拍著的對象，畢業之後，他們就是你為師的班底。為師的若做了所長主任院長校長，他們就是你建立學閥的棟樑。若是中了特獎，學優則仕，那個衙門裡沒有門生充任親信……。」這段話諷刺之深，我想不必我再多作解釋了。其中值得一提的是，將「學優則仕」視為「中特獎」，雖是非常寫實的「時文」，也反映出潛伏在學術界的心理問題。另一方面，我們要為顏元叔擔心的是，他今天罵了學生，將來大概什麼「閥」都做不成了。

顏元叔的雜文，在形式方面，真是橫吹直打，不受任何約束，自由極了。

◆囉唆自有道理

大概是一年多以前，顏元叔剛從美國講學回來不久，我到他研究室去看他。閒聊中談到他的散文。我批評了他一句，「太囉唆」。他並沒有生氣，只身體向後一仰，大笑幾聲，然後圓著嘴說：「梅新，你可曉得，我多寫一個字，便多拿一塊多的錢，多寫十個字，便可以多拿十五塊錢，豈能不囉唆嗎？」我相信讀者此時的心境與我當時的心境一樣，非常的光火，真想一拳飛過去，為文學伸張「正義」。我從椅子站出來，大聲說：「這算是什麼文學家，虧你還是受過文學專業訓練的人，你簡直是在自我毀滅。」他的涵養好極了，還是笑著說：

「人麼，誰不在做自我毀滅。」這回為了研究他的文章，經過一番苦讀細讀之後，我發現我過去所說的「囉唆」，卻正是「顏元叔體」風格的最大特色之一。現在想起來，我又犯了一次未加細究，而遽下結論的毛病。同時，我對顏元叔又有了深一層的了解，他往往以「稿費」來「化解」許多多談無益，而需要讓人們自己慢慢去體會的問題。更何況稿費是每個人所喜歡的，容易使人相信。我認為這是他的高級幽默。記得兩年前，我編《臺灣時報》副刊時，千字不到五百塊錢的稿，他仍然寫，而且稿件是從美國航空寄來。這也證明他絕不是如他嘴裡說的，是為稿費了。相反的，我曾要幾位比較優秀的年輕作家寫稿，他們卻真是第一句便問稿費是多少的。

現在我們來看看他的「囉唆」部分，最重要的是看看他「囉唆」得有無道理，有無必要。他在〈女生與解析幾何〉裡寫道：「高二唸大代數，小生我或然率全班最棒。當時一位侯姓娃娃（身材迷你，坐在第一排中間，講臺正下方，真可說仰承老師的鼻息，是以我呼他為娃娃），數學全班第一，但是講到或然率這門專門學術，他不得不拜倒在我的破球鞋下。」顏元叔的「囉唆」部分，多半是括號內部分，也是諷刺得最厲害的部分。「雜文」文學，諷刺是它的本色，沒有諷刺，就不是雜文。顏元叔文章的括號裡和括號外，除了能完全取得和諧之外，括號裡的文字還能另創天地，自建乾坤。如上述「真可說仰承老師的鼻息，是以我呼他為娃娃」，顏元叔的意思很明顯，一個人無論他的年齡有多大，讀的書有多多，成績有多好，可是他始終不能離開老師的鼻息的影響，他便是一個永遠長不大的「娃娃」。我們再看他同篇文章中的另一段：「往日總是黃金時代，老一代總是比較幸福。我唸建中高三，班上還有三位（這個『位』字要印得特別之大之黑，否則不足以表示它在我心裡的份量），三位什麼?三位女生，不知是誰的餿主意，違背道家傳統的餿主意，在她們三位裙裾之後，從此女生便絕跡於建中。」括號內廿八個字對那個「位」字的特寫，果然效果非凡，我們就像看見它佔著顏元叔整個圓圓的肚子似的。

◆節外生枝的靈思

如果上面舉的兩個括號的例子，仍不足以使你了解「顏元叔體」，那麼下面兩段充滿破折號的文字，便是最富有代表性了：

假使有人把我的雜文論文，統統看過一遍，就會知道，我是百變不離其宗。換而言之，手法也許變化無窮——這無窮二字是誇張語，實際應為「有窮」；但是「變化有窮」不合習慣語法；只有將就舊辭，任其誇大算了——在手指頭上玩弄的，不過是那麼三、四隻小皮球而已。……假使叫我十年演講一次，我保證題目一定新穎駭人，內容空前絕後。但是，在臺灣這個地方，在中華文化復興的基地上，演講之多，如牛毛——或者說，如蚊蚋，嚶嚶嗡嗡，四季不輟——這個代聯會要來它一系列，那個院代會要來它一系列，甚至班代會也要來那麼一系列。假使你做膩了文化英雄，想改做演講英雄，每週你都有叱咤風雲的機會。

要叱咤風雲，內容先不要說——在我這裡也沒有什麼可說的，因為反正是炒現飯——至少在音響效果上，要滿足兩個條件之一。其一，你要能說純正的國語，其二，你要能說純正的方言。無論國語或方言，只要純正，說起來就充滿自信；落在中間，非方非國，便尷裡尬外。說話充滿自信——不管人家聽不聽得懂——你便會淋漓盡致，一瀉千里。（見〈不要請我演講〉）

這兩段文字的諷刺性是很強的，尤其第二段，假若讀者缺乏現實感是很不容易看得懂的。因為它在字面上根本不落諷刺的痕跡。因此，我相信顏元叔的「雜文」，也不是每一個人，或者是每一段都能讀得懂的。

關於括號內（破折號）和括號外的文字，我一時還想不出一個適當的名詞來區分它。暫且說括號外是正文，括號內是副文吧！副文就是我前面說的「節外生枝」和「直吹橫打」的「橫打」。正文是顏元叔伏案前準備要發揮的，副文是伏案後行文時真情的流露，偶得的靈思，因此，副文反比正文可貴，文學性也比正文強烈。這種手法亦偶見於少數詩人的作品中，如鄭愁予的〈草生原〉，就用了不少這方面的技巧：「哎，她是病了，三月在她腰中栽藏了什麼（莫非三月祇是索嫁）」、「雲一樣地沿著屋脊叫賣（一束百合就能周遊世界了），今年，最大的主顧，仍是煙囪中，煙一樣逸出的丈夫們」。顏元叔的這種雜文文體，會不會流傳開來很難說，因為它需要一點靈思。

◆自嘲的大氣度

「囉唆」之外，「顏元叔體」的另一特色是「自嘲」。關於這一層，我似乎在一篇短文中談起過；現在再稍稍提幾句。無論是「自嘲」或嘲弄別人，無非都是希望藉逗趣的手法，於亦莊亦諧中達成譏諷的目的。此原是至高的文學表現手法之一，而且由來已久。王國維《宋元戲曲史》，認為中國戲劇是導源於「巫」和「優」。「優」的職務，即是表現諧趣。無論中國或是外國，「優」在古代帝王時代，都是一種很重要的官職，他們是帝王的跟班，跟在帝王之後，以取樂帝王與朝中大臣，君臣之間的情感，也因他而得到和諧。因此，「優」在古代，也是帝王政治權術運用的一種「工具」。「優」的重要性，在莎士比亞的作品中，即可找到例證；照朱孟實的說法，在中國漢代，如東方朔、枚乘、司馬相如等也都是「優」出身。因此，可以看得出來，能夠扮演「諧」的角色的，都是大智慧者，沒有相當的「才」是「諧」不起來的。

朱孟實認為，諧趣就是以遊戲的態度，把人事和物態的醜拙鄙陋與乖訛，以一種有趣的意象去欣賞。如：「一個和尚挑水喝，兩個和尚抬水喝，三個和尚沒有水喝。」「開前歇仔高頭馬，弗是親來也是親；門前掛仔白席布，嫡親娘舅當仔陌頭人。」又如《後漢書・劉玄傳》：「竈下養，中郎將；爛羊胃，騎都尉；爛羊頭，關內侯。」前兩首民歌，是對我國人民不合群，以及澆薄性格的諷刺；後一首是諷刺人事的乖訛情形。雖然諷刺的程度，已到了無以復加的程度，可是因為充滿諧趣，卻反而能夠雅俗共賞，流傳至今。逗趣的主題往往是嚴肅的，上面的舉例便是。又如：顏元叔在〈誰想做作家〉一文裡，回憶他十年前，主持臺大外文系系務，對學生「加強教學壓力」的一段：「究竟『加強教學壓力』是是非非，到如今我自己也難下定論。要知道，『系策』就跟任何『政策』一樣，一旦施行出來，就像長江大河，幾個人給淹死，幾個人喝到甜水，是很難說的。所以政策之好壞，就像歷史家常說的，千古之後也難有定論。所以，『加強教學壓力』，亦是千古難有定論。不過，當時我是大權在握；大權在握，比如利劍在手，不揮舞它三兩招，豈不辜負了掌中劍！揮舞出來，便變成了

『系策』。所以，回想起來，究竟我那『系策』，是為學生們而設的呢？還是為我的『掌心癢』而設的呢？深夜捫心，自問難有定論——假使有的話，定論可能半非半是。一半是出於我的權力感，只有一半出於造福人群——我說，學生群。」

限於篇幅，只舉這一段。這一段的意思並不難懂，只要稍微想想，便可了解它的譏諷的深意了。有一點我要說的是，我們日常所見，嘲弄別人的人或文章很多，嘲弄自己者卻極少見。讀者知道是什麼原因嗎？因為「自嘲」需要很大的氣度，臺灣地方小，大家的氣度似乎也愈來愈小了。

◆古典與浪漫參半

顏元叔蒐集在這本書裡的文章，連同那篇序文《寫在前面》在內，一共是二十六篇。雖然每篇都有它令我們折服的問題，值得我們好好賞析；可是，我覺得最值得推荐給年輕朋友們的，是那篇〈做一個古典主義者〉。因為我深信，如果我們的青年，都能做到如顏元叔對古典主義所下的定義那樣，那麼，我們的青年，事事都可以無須家庭和社會操心了，而顏元叔在這書裡的其他文章，它們的立意，也就受到它的「統合」的影響，而顯得多餘了。

古典的背面是浪漫。兩者的分野，我們看看顏元叔是怎樣介說的：古典主義者是遵循一套「外在」價值去為人處事的；浪漫主義者則恰恰相反，是遵循一套「內在」價值去為人處事。所謂「外在」與「內在」，即前者是超越個人意識與感受，它的價值觀是經由傳統文化而決定的，因此它比較客觀，比較穩定，不隨個人的情緒變化而變化。後者是一切均由個人意識感受出發，一切的價值均經由自己主觀的肯定。因此，浪漫主義者全憑自己主觀意識過日子，日子過得顛三倒四，喜怒哀樂變化無常。今日覺得讀書好，明日也許會覺得它十分無聊。顏元叔顯然很反對這種生活方式。他認為生活貴在有秩序，有條理，有頭有尾，全體協調。他更認為讀書不應當是消遣，全憑「興趣」，興趣是最靠不住的東西，今天對這事有興趣，明天也許興趣全失。消遣性的「博覽群書」，對知識人格智慧的培養，幫助不太大。我們常看見一些人，一年三百六十天天天在讀書，可是到老了，還是「老毛芋」一個。顏元叔主張：要讀書便讀有價值的書，有價值的書讀來總是比較費神，比讀武俠小說需要有耐性、有恆心。「一曝十寒」是浪漫主義的典型，有耐性、有恆心，才是做一個古典主義者的基本條件。

我想對顏元叔的話最聽不下去的，是那些自命天才的作家或詩人。艾略特曾說，一個偉大的詩人完成一部偉大的詩篇，他的背後必須有個深厚的文化背景。他的《荒原》豈是靠靈感，靠一點點小聰明所能完成的？我們要消納一個深厚的文化背景，便不是一曝十寒的讀書態度所能達到的了。我相信「文學是一種堅持」這句話，事實如此，如果我們對寫作能維持這種「堅持」，所謂「興趣」和「靈感」，也就可以長存於左右了。顏元叔說：「人的本質是古典主義」的，我對這句話卻頗多懷疑。相反的，我以為人的本質是浪漫主義的，它需要藉「古典」來約束「浪漫」。可是浪漫也並非一無是處，它比較富創造力，比較能發揮個人的稟賦與特性。因此，我相信如浪漫中能羼入一些古典的「堅持」，成就必定比兩者各持一端要高。我對於「古典」和「浪漫」的要求是一半一半，因為人不能完全古典，也不能完全浪漫。現在的年輕人似乎過分「標榜」浪漫，顏元叔撰此文的動機，想必是希望藉古典約束浪漫，而如能做到兩者參半，也就應該滿足了。

最後我想以顏元叔是浪漫的抑或是古典的作結。我的答案是顏元叔是浪漫的。不信請看：一、他在南京唸初二時，與同學去下關旅行，回來時，沒有買票，從籬笆洞鑽上火車。回家還得意洋洋的將此事告訴父親，誰知他父親是個多麼的「與社會脫了節的人」，因為在那種亂世，軍人學生乘「霸王」車是常事，而他卻被父親臭罵了一頓：「這麼小就鑽狗洞，佔便宜，這還得了。」《往事點滴》二、幾年前，顏元叔因為吃飯沒有將筷子擺好，又被他父親訓了一頓。要他把筷子放好，好讓人方便收拾。（《訓兒書》）顏元叔說：「我父親講的話，有時對我有魔術式的影響，好像在我腦子裡安上一個什麼咒。從前我很能喝幾杯酒，自從我父親有一次說『酒能亂性』，以後我喝一小杯都會醉。」他父親「只知道謙讓禮貌這一套過時道德」，是一種「古典主義」，它不斷的在約束元叔的「浪漫」；顏元叔對父親的話能「一直記在心頭」，則亦證明他是不斷的在接受「古典」的「洗禮」，而這本書便是他「修練」四十多年後獲得的「正果」。

工友・詩人・大學生

——寫在李宗倫《燕子》出版之後

去年秋天的一個夜晚，李宗倫送來書稿的清樣，要我替他的詩集《燕子》寫篇序。我告訴他，年底以前大概沒有時間。沒想到，稿子還在我抽屜裡鎖著，他的書卻已經出版了。我遲遲沒有替他寫序，忙固然是原因，主要還是我不太喜歡年輕朋友太早出書。因為文學是畢生的事業，如果太早見到收成，往往容易志滿，而鬆懈了努力。

《燕子》是李宗倫的第二本詩集，其實在二年以前，他唸大二時，便已出版過一本《阿媽的臉》詩集了。厚厚的一冊，比現在這本至少要厚三分之一。我記得很清楚，他那本《阿媽的臉》是在上課之前，放在講臺上給我的。我上課很少點名，因此還特別把他叫起來認識了一番，所以印象深刻。

就在那年暑假，他帶著他那漂亮大方的女朋友到家裡來看我，談起他的家庭，知道他是臺灣中部一處十分僻遠的鄉下人，不久前去世的父親，終年靠耕種幾塊山坡地維生，生活相當困苦。他讀書的費用，包括學費和生活費，全仰賴他一位在臺北近郊工廠做工的姊姊供給。他姊姊雖然已有了可以論婚嫁的男友，但是為了他的學業，卻一直耽擱下來不敢結婚。因此，他很想有一份足以自立的工作，多苦、多卑微的工作，都沒有關係。聽後令人頗為同情。

他也真夠幸運，正在這個時候，聯合報編輯部需要增加一位臨時工友。我知道了，就去拜託蔡元藩主任，將李宗倫的家境情況告訴他，希望他幫忙，給這年輕人一個磨練的機會。記得我還曾向蔡主任拍過胸膛，假若李宗倫不能或不肯做事，可以隨時請他走路。也虧蔡主任信得過我，而同意試用。於此，我得特別對蔡主任表示感謝。

雖然李宗倫告訴過我，不怕苦，任何工作都願意做。可是我還是怕他會覺得委屈，心裡一時無法適應。所以就在他上班頭一天，把他叫到家裡來吃晚飯，在妻子、孩子面前，講卅多年前，自己還是個十三、四歲大的孩子時，迫於生活，被舅父送到部隊裡去當勤務兵的故事為他壯膽。我同時告訴他，聯合報用人有一定的制度，幹編輯，無論你是大學或研究所畢業，都得到校對組從認識字體、挑錯字做起，如現在的聯合報二、三版編輯張逸東、金徐發、賴清松、林秋助等，都是經過這個過程培養出來的。幹記者，則必須從地方記者做起，如聯合報前任總編輯張作錦、經濟日報副社長兼總編輯應鎮國、民生報總編輯陳亞敏，都曾經擔任地方記者，有了傑出的表現而慢慢調升上來的。尚在唸書的學生，自然只有做工友，從更基層開始學習起了。

同時我還替他作這樣的一個預測：我說：「報社工作的時間很短，但很緊湊，有事不要等別人來吩咐，必須搶著做。坐著等人來吩咐，就會產生自卑感；搶著做，就會感到愉快和產生自信。如果將來你能以工作的表現去喚起別人對你的注意與賞識，以後你在現實工作方面就可一帆風順，而無須求助於任何人了。」李宗倫今年畢業，即將入伍服兵役，他在報社工作近兩年，結果是圓滿的。據我所了解，報社上上下下，對他的為人做事都頗為滿意。譬如說，昨天夜裡與瘂弦一同下班，路過聯合報編輯部大廳，正好與李宗倫擦肩而過，瘂弦說：「這年輕人真好，純潔得很，看他那張臉，真夠實在。」

「實在」是農家子弟的特色，別的人學不來的。李宗倫在《燕子》的後記裡，他這樣寫道：「雖然是當一名臨時工友，每天辛苦工作到凌晨，為人倒茶、跑腿，聽人使喚；但是，我以自己的汗換得生活上的需要，以及意志的磨練。我安於這工作，並在編輯檯間往返時，心中漸漸習慣用於思考，我的作品，很多都是這樣走出來的。」當我讀完這段「後記」時，我的第一個感覺是，這年輕人表現出一顆非常高貴的心靈，在一般年輕人中，很難見得到的誠實的美德。尤其要將這段事實寫進書裡，是需要相當勇氣的。事實上，這段工作經驗，對他以後成為一位傑出的文學家、詩人；或者將來回到報社任職，有朝一日負責較重要的工作，不會構成任何傷害，反而有益，甚至還可以不時地在嘴角間流露出得意的微笑。但是，處在當時的情況，想得開的人畢竟不多！

他的誠實，不僅記在後記裡，也表現在作品裡，我們看他這首《倒茶——工讀週年記》：

天上凝的雨
地上湧的泉
報社熱水爐
交流出滾燙的水
我划著船似的壺
雙腳是不停的槳
數著茶杯趕著路
心跳與水聲相唱和

忘記泊止的水岸頭

從陽光到日光燈的照耀
我疲憊多時的臂彎
才覺得夜港的呼吸
凝重且乏力
誰知壺底剩多少
窗外月光
還灑了一地

這首詩的表現技巧，自然不是很圓熟，題材卻是可喜的。它得自生活的經驗，詩裡充滿著生活。本文是承陳總編輯之命而寫。他說，社長劉昌平先生看到他的詩集認為《倒茶》這首詩頗有可讀性，可在「系刊」轉載刊出。他要我寫一短文，對李宗倫稍作介紹，因此關於他詩的部分便不多談了。

談余光中《民歌手》

《夏濟安選集》是一冊好書，尤其《評彭歌的落月》和《白話文與新詩》兩篇，發論中肯，很有創見。他對中國現代詩提出的主張，很久以前，我就想寫篇文章談一談了。他說：「一國文字的精微、氣勢、情韻、色彩、節奏、巧妙等性質，大多在詩裡才可以得到完美的統一，或是充分的發揮。」他又說：「我們現在寫詩，是考驗白話文能不能擔起重大的責任，白話文能不能成為美的文字。假如不能，白話文將證明是一種劣等的文字。」夏先生對現代詩期望之殷，為前輩學人中所罕見。你我都從事現代詩創作，你比我更年輕，正是對文學充滿狂熱的年齡，希望我們能以夏先生的話彼此互勉。曾有人認為：「白話文學」與「白話詩」時代已經過去，應將創作現代詩的文字工具叫做「散文」，避免再說「白話」。我覺得這很沒有道理。因為散文和白話是很難分際的。「我是一個民歌手」，這個詩句使用的工具是散文？還是白話？報紙副刊和文藝雜誌上刊登的許多散文，嚴格地說，根本不是散文，而是結構不夠謹嚴的散文詩。顏元叔教授有回對我說，臺灣的現代詩文言氣氛太重。他所謂的文言，當然不是指舊式文體使用的文言，而是嫌現代詩文謅謅了一點，不夠口語化。我猜想這瑕疵，與我們慣於用散文詩的散文為工具不無關係。很多現代詩人寫的散文，扭成一團，是小腳放大的「現代詩」。如要評他們的詩，便不能不評他們的散文了。

詩有含蓄與明朗之別。而二者都可能是很好的詩。但是要做到含蓄而讀來不覺晦澀，明朗而唸來不覺淡然無味，那就相當難了。不晦澀而詩味芬芳，是一首好詩的基本要素。詩人們明知困難，也要設法克服，因為作詩、創作好詩，是詩人們的職責。可是很不幸，在過去近十年的現代詩壇中，有一度，大家都不屑於寫比較明朗清晰的現代詩。詩人們要中國的現代詩發生奇蹟，在「語不驚人死不休」的偉大理想追求下，苦思殫慮的結果，詩人是愈來愈憔悴，而詩的風貌也是愈來愈艱澀難懂了。十七、八年前，批評方思的詩太晦澀、太歐化的批評家們，見到目前有許多連我這個方思作品的忠實讀者，都覺得不順心不順嘴的現代詩時，難怪他們要譏諷為「被手民打翻了鉛字盤」了。好在詩人多自覺，這個現代詩壇最苦悶的時期並不長，近年來已有轉變的跡象。尤其可安慰、特別值得注意的是：六十年代發跡於詩壇、現仍繼續創作的多數詩人，如鄭愁予、商禽、葉珊、余光中、白萩、辛鬱、洛夫等，他們雖也受到干擾，但對詩的認知絕不動搖。辛鬱一直強調詩必須紮根於生活。商禽主張詩的演出為呈現一個完整的意象，反對疊字遊戲、寫「紮紙花」式的詩。現代詩之所以有了新的轉機，我想與這批詩人的保持清醒不無關係。

一九六六年九月，瘂弦赴愛荷華前夕，臺北的詩友，假臺北市議會餐廳為他餞行。余光中於聚餐會上，朗誦了一首贈詩《帶一把泥土去》，詩情頗多傲氣與沈痛，贏得在座詩友一屋的掌聲。《帶一把泥土去》前七行：

帶一把泥土去
生我們又葬我們的
中國的泥土
最芬芳最肥沃的
最高貴最神聖的
被踐踏得最狠的
帶一把泥土去

可見余光中是位有心人，無論走向何方，他都希望有收穫。一九六九年，他應邀赴美任科羅拉多教育廳華語課程顧問，於丹佛二年，全家愛上搖滾樂，而且「中毒」匪淺。他的夫人咪咪和四個小女孩，跟隨光中到處趕場聽歌，也受到影響，如組織「班」子，全是好隊員。我猜想，余光中在飛出松山機場之前，可能就有意去美國揀取新的詩的材料了。當他發現搖滾樂裡藏有大量的詩的礦源時，他便發揮詩人的執著，窮追不捨，讀盡所有搖滾樂的書籍和唱片的歌詞。他說：「把搖滾樂當做一種詩，或是詩與歌的綜合的一種嚴肅的新藝術，這種觀念，也許美國的學府文壇一時間尚難以下嚥，可是廣大的青年，已全心全意接受了這個事實。」（《現代詩與搖滾樂》刊於《純文學月刊》第五十四期）他發現：一、搖滾樂是一種大眾的藝術，但「也是一種詩」。在藝術不能自絕於群眾的原則下，不妨也向大眾化嘗試創作。二、搖滾樂是一種「詩與歌」的綜合藝術；而我們的唐詩、宋詞、元曲，也是不忘吟唱而百般推敲的。現代搖滾樂與中國的古典藝術，在擊節而歌這方面，正不謀而合。因此，中國的現代詩人應該比西方的現代詩人更能了解詩歌不分家的道理。灌樂於詩，詩中的樂是振鑠詩的意象的主要脈源。三、自金斯堡崛起，美國的現代詩壇，已有「正統」與「江湖」之分。所謂「正統」是嚮往歐洲文明，如古希臘的哲學與社會政治制度等。這一派以艾略特、奧登為代表。「江湖」派詩人是反現代科學文明，要歸返田園、師法惠特曼。而搖滾樂是一種高度反映現實，對人類充滿同情，對社會充滿悲憤、諧謔的藝術。因此，搖滾樂自然是「新江湖」派詩人的詩了。「正統」派的詩人，如艾略特等，在美國青年藝術家心目中，正是破廟的泥菩薩，參拜的信徒，有每況愈下之勢。

「對於曲高和寡的理論，這兩年來，我已經養成了存疑的態度，我不能接受曲高和眾的假定，但是我相信和眾未必曲低。」這顯示余光中將轉變創作方向，面對現實，走向大眾。促使余光中動搖意念、放棄「守節」的，無疑是「迫使（美國）現代詩處於負隅困守窘勢」的搖滾樂。在討論現代詩大眾之可能性問題之前，我有必要瞭解搖滾樂是否確如余氏所說的，是一種「曲高和眾」的藝術。去秋，余氏返國，我們會面，他即向我「傳教」，談搖滾樂。搖滾樂歌手的畫像、唱片、以及各種有關搖滾樂的專著，我都在他二樓書房裡見到了。我雖寫現代詩，對「午夜牛郎」這種全裸性的影片，未能在國內上映而深覺惋惜。但有時候，我仍然是相當守舊的。這天，余光中說了半天搖滾樂，我的表情並無悅色，只是驚訝。而且，對跟前的這位典型的中國讀書人，居然會對熱情有餘、「吵鬧」有加的搖滾樂發生興趣，也深感費解。直到余光中唸完幾段句子結構非常接近現代詩的搖滾樂歌詞，我才對詩人的「癡狂」產生高度的「同情」。

我的心流浪在失物招領處
是你呀將它認領。
——卡洛金

我常想有一個真正的家
盆花開在窗臺上
——卡洛金

讚美尼羅王的海神啊
鐵達尼在清晨啟航
每個人都在大聲疾呼
你到底要參加那一方
艾士拉・龐德和艾略特
在艦長的塔樓上戰鬥
且為卡麗普梭的歌者嘲笑

而漁人卻拈著花朵
在海的窗和窗之間
任動人的美人魚游泳
誰也無需乎太操心
荒蕪了的那些事情
——巴布・狄倫

這種歌詞確乎是很「現代詩」的，尤其卡洛金，讀來頗多「余光中」的《蓮的聯想》。但是我懷疑，坐在臺下扭動全身、與臺上的歌者同樂的觀眾，對這種「現代詩句」能全盤了解。而我也堅信，如有樂者將余光中的《民歌手》譜成歌，配以吉他，聽歌的人，必定多過讀詩的百十倍。去年，中日現代音樂發表會，在臺北市實踐堂舉行，發表許常惠等人的作品。那晚上，許常惠的作品，幾乎全都是「詩歌不分家」。當臺北兒童合唱團一章又一章的唱著楊喚的詩，由許常惠作曲，再由聽眾的掌聲呼應，在那最優美的時辰，我興奮地哭了，也失望地哭了。楊喚逝世已將近十八年，十八年後，有國內作曲好手將他的詩製作成樂章，使楊喚的精神獲致「偉大」的復活。我這個詩國的後裔、楊喚的同族，豈能不表示感激與興奮。但是，聽眾的掌聲，聽得出來，是對許常惠的配樂深表獎賞，而絕不是因為楊喚的詩的純美，所以我失望了。

詩是清醒讀者心智的藝術，讀者的快感在於吟後餘韻的迴響。畫和音樂，主要媒介不在文字，所以在大眾化方面，佔了較多便宜；而詩的內蘊，又比散文和小說深藏一層，它猶如淑女倚窗遐想情人即將來會，面部的表情，也只有情人才能讀懂。因此，在「推廣」上，詩要比其他藝術困難得多。不過，我們絕不能因困難就忘了去爭取讀者。溝通讀者的感情，是現代詩人刻不容緩的事。多數詩人也已有此自覺。事實上，只要我們有嫁女兒的決心，不將女兒打扮成妖魔鬼怪，詩雖「貴族」，還是可以找到門當戶對的婆家的。

余光中心目中的現代詩大眾化的大眾，想亦非大眾傳播學所強調的，那種「有教無類」的大眾。唐代的大眾文學化，採菱的村姑，都能唱詩對句的美好景象，在現在的工業社會，甚至未來的太空時代，也不可能再現。社會棄我，眾人絕我，詩人的生存已受到嚴重的考驗。自救之道，是嘗試具有「約束性」的文學大眾化的創作。請注意「約束性」三個字的特別意義，申言之，即在不放棄藝術原則下，力求溝通讀者。不久前，在市中心一家咖啡屋與一群朋友聊天，在回家的路上，胡耀恆告訴我，他看不懂臺灣的現代詩。對一位現代詩的創作者說這種話，是很不禮貌的，所以，他又補述一句：「其實我很喜歡詩，也很希望做一位現代詩的讀者。」胡耀恆目前是臺大外文系的客座教授，年齡很輕，曾於美國某著名大學獲得戲劇博士學位，雖未見其創作，但對文學的欣賞來說，聽他談現代藝術、艾略特的詩劇，實有他獨到的見解。現代詩讀者，倘若是坐在電視機前看連續劇的觀眾，我們可有可無，可是如胡耀恆等這樣優秀的高級知識份子，我們絕對不能再自暴自棄，置之不顧了。我所謂「約束性」，一方面是指創作者不放棄藝術原則，另一方面，也可視為是對讀者散佈於社會的知識層次的約束。即詩只要求知識份子的瞭解，淺薄的大眾，並不在我們爭取對象之列。詩人們若不正視現實，徹底檢討過去二十年來現代詩所造成的孤立局面，恐怕如胡耀恆一樣雖對臺灣現代詩頗多隔閡，但仍懷有高貴友誼的知識份子，都要完全丟失光了。

還有一層，詩友們也許從來沒有想到過，那就是詩的流傳問題。這一代的詩，或者這一代的詩人，要在中國文學史中，甚至世界文學史裡佔一席重要的席位，對未來的文學藝術發生影響作用，詩本身的傑出，當然是先決條件。而假手於文學批評家、歷史家、哲學家、社會學家、政治學家以及音樂家、畫家，甚至於民俗研究者也是不容忽視的。倘若現階段的詩，僅為詩人們彼此觀摩而作，當然無必要與詩國以外的人打交道。否則，詩便不能沒有群眾。我建議余光中先生，將文學大眾化，改為文學群眾化。因為在社會學上，大眾是經由多數群眾結合而成的。此一群眾性質與另一群眾份子相同，但在同一群體中，份子性質便很接近。

現代文學所需要的讀者，可能僅限於知識份子這一階層，至少就求知慾和聰明才智大致可以歸納為一個階層內的群眾。再說，余光中的《民歌手》，應該是一首易懂的詩了。但我不相信一位大一或大二的學生，能清楚地解釋〈給我的狗，給他一塊小銅錢〉的真正涵義。即使能說出作者的正確表現意象何在，也不完全能在這二句話裡，如理想的善讀詩的人一般，獲致足夠的精神滋養。

夫子的故事

觀其小，知其大。我觀察人，最愛從小處著眼。一般人認為大事的，我多半過眼就忘；一般人認為微不足道的，我卻牢牢記在心底，永不褪色。

四年大學，我可以說無日不是在借貸中度過。每到學期開始，是我最感無助的時候。私立大學龐大數字的學雜費，常使我不知所措，舉目無親，朋友又和我一樣的窮困。眼看註冊日子已到，徘徊終日，最後總是去敲張夫子的門，獲得寬限時日，而終究得以完成學業。

于衡教授在《中副》的專欄「新聞隨筆」，擁有非常多的讀者，是近年來報紙副刊中，內容最珍貴，可讀性最高的一個專欄。八月十一日，有他一篇文章《張其昀和文化大學的故事》，其中一則張其昀先生為籌辦文化大學，不顧身為教育部長之尊，竟然在飯店進門的大廳椅子上，為等一位華僑的回來，而獨自一人枯坐數小時的感人故事。讀後，再回想我當年為學費事去敲他的門，曾在他的辦公室目睹他一邊扒著便當，仍一邊翻著燈下的書，不禁唏噓。

我記不起是那個善心人告訴了我：求見張夫子最好在中午十二時十五分之後，十二點半之前，正好他用完午餐，休息之前。文化大學的師生，稱他為張創辦人，背後都叫他夫子，或張夫子，以示尊敬。在我們的心目中，也只有他才夠資格被尊稱為夫子。

那天我還沒有到十二點十五分鐘，就去敲他的門。因為心急，怕見不著他，影響了註冊。而門口的工友可能用餐去了，無人替我通報，我只好硬闖。夫子見到我，倒也不以為怪，他要我一旁坐下。因我不止一次去找他，想必又是為了希望寬限繳學費的時間而來的，所以他並不急著問我為了何事找他。辦公室的光線很暗，桌上的檯燈，類似學生用的檯燈，不是很亮。他一邊挑著飯盒裡的飯，仍一邊翻著書。那情景，使我震驚，使我發呆，我萬萬想不到，曾經做過教育部長、做過國民黨中央委員會秘書長，而又是這所大學的創辦人，他的生活竟儉樸到近「清苦」的地步。

更使我震驚的是，飯後他竟自己拿著飯盒去盥洗間對著水龍頭清洗，而沒有留給房門外工友去清理。談到文化大學的工友，我倒要為在這個學校終年辛勞，無怨無悔，默默貢獻晚年歲月的老兵說幾句感謝的話。他們住在離學校不遠類似工寮的木板屋裡，有班長、有隊長，生活起居，完全是軍事管理。全校的苦力工作，如清潔、警衛、深夜巡邏校園安全等，全由他們負責。他們的責任心重，幾十年軍旅生活養成的服從習慣，加上他們受教育不多，對大學教授和大學生，都無比的尊敬，由他們來承擔勞役，為讀聖賢書的人服務，無不顯得心甘情願；他們對張夫子的尊敬，更是遠遠的超過我們這些學生。因此，張夫子赤手空拳的創辦了這所學校，而那幾十個人，幾十雙手，和校園裡的一草一木，結下了不解的緣。因為有了他們才會有如今花木扶疏、幽徑小道，臺北最美的觀光校園。夫子自己去清洗飯盒，儘量減少去麻煩工友，以夫子寬厚待人的性格推想，未嘗不是為了感念他們對這所學校的付出吧。

畢業後，過了好些年，我回學校兼課。那是中文系成立文藝組不久，我致函建議仿照美國愛荷華成立作家工作室，請國內企業家或基金會支持，邀請各國國際知名的作家前來研究，同時隨函附了一個細部計畫，前三年先從邀請亞洲各國作家開始。因此，夫子約我到他辦公室，除了嘉勉我肯為學校的發展提供建言，並說，我的計畫可以放在遠程目標，目前的第一步，要先把文藝組辦好，文藝組有了好的聲譽，我的計畫實施起來，也就容易多了。真是遠見，令人佩服。他的這幾句話，對我以後做事，具有莫大啟示作用。他告訴我，到那時為止，最令他滿意的是新聞系，其次是法律系和建築系。

那天的談話比較輕鬆，所以，我也問了些很早就想問的問題。我說，夫子一生為教育、為黨國，黨政經驗這麼豐富，又曾是總統蔣公最親信的人物之一，經常參贊國家機要，夫子的傳記，是最真實的歷史，是否有撰寫的計畫？他的回答非常令我感到意外，亦有些失望。他說，他一生只有兩件事可寫，即：創辦文化大學和著作《中華五千年史》。其他都不值得記述。所以無為自己立傳的打算。他的鄉音很重，而我這個浙江人聽來卻倍感親切。我是個非常喜歡聽鄉音的人。

于教授的文章中還提到，有朋友或學生寫信給他，他一定親自用毛筆作覆。確實如此，二十多年了，我還珍藏著夫子兩封以毛筆寫的信。信都不長，三言兩語，但字裡行間都透露一股濃郁的「墨香」。

請問，派出所在那裡

同層樓的鄰居、大樓管理員、幾條街上許多行人和商店店員，
他們和我一樣，都不知道派出所在那裡，
還是走進一間皮鞋店問一位老師傅才問到……

兩年以前，就聽說吳祖光要來臺灣，而沒有來成。
吳祖光、曹禺，都是成名於抗戰時期的劇作家。吳祖光的《風雪夜歸人》，曹禺的《雷雨》，也都是那時膾炙人口的作品。目前，吳祖光的身體依然十分硬朗，仍然創作不輟，常

有作品在海峽兩岸媒體發表。曹禺則已於二年前住進北京醫院，病情不輕，據說，要出院，可能很難了。

今年五月，我去北京，目的是為了拜訪一批年長作家，作一系列類似口述歷史的錄音訪問，替中國文學史留下第一手資料。吳祖光和他的夫人，著名平劇演員新鳳霞女士，也在我的訪問計畫之中。

這是我第一次去北京，我覺得去拜訪這些老作家，就長遠的意義而言，比去看長城，遊十三陵重要許多。長城和十三陵，我隨時可以去看，但是，世間有許多事，錯過就錯過了，要及時把握住機會。

吳祖光的文學地位，以及他的年紀（他今年七十五歲），即使在大陸那種耳目眾多的社會，他也可以毫無顧忌的放言闊論。所以，在吳祖光家整整聊了三個多小時，一個話題接一個話題，他似乎有說不完的話，回憶不完的事。談話之前，和談話之後，他都曾數度提起，前次要來臺灣未能來成的事，並說，希望以後有機會，要我替他們爭取。從他們的談話中，不難了解他們渴望來臺灣的迫切心情。

這回世界華文作家會議在臺北召開，從世界各地來了不少有成就的作家，我便向主辦單位推荐了吳祖光夫婦。大陸人士來臺灣，辦入出境手續時，需要有人作保，我既然是推荐人，就義不容辭要做他們的保證人。無論在臺灣或在大陸，乃至世界各地，替人作保，都可能被連累而遭牢獄或破產之災。我有位律師朋友就有此經驗，為人作保，房子遭查封拍賣，還惹來一身官司。說真的，如果是在幾年以前，就是親兄弟要來臺灣要我作保，我也要盤算盤算，保得，保不得。而現在臺灣的社會環境已完全不同於過去，即使吳祖光是個老共產黨員，我保他來，也不會有事的。

有趣的是，我拿著保證書要到派出所對保的時候，竟不知道派出所在那裡。問同層樓的鄰居、問大樓管理員，他們和我一樣，也都不知道派出所在那裡。我住在羅斯福路三段，我問了附近的幾條街，師大路、金門街、南昌街、汀州路、水源路上的行人和商店，他們仍然和我一樣，都說不知道。最後我還是找到里長，才打聽到它的下落。里長問我是不是剛搬來的，我說我已在這裡住滿六年了。如果不是為了吳祖光，我可能住滿十二年，還是不知道派出所在那裡，我想。

一個小小的派出所，似乎管轄好幾條街，上面舉的幾條街，似乎都在它的管轄之下。「衙門」的房舍並不大，裡面的人員也沒幾個，偌大的管區，如果發生什麼多起重大事故，我還真擔心他們是否忙得過來。我在廈門街找到它時，已在街上跑了一個多小時，跑得滿頭大汗了。問同一條街上的許多年輕人，也不曉得派出所在那兒。還是走進一間皮鞋店問一位老師傅才問出它座落的地點。臺北的街道變得很快，但廈門街似乎仍是幾十年前的老樣子。皮鞋店一間隔一間，老師傅們仍是強調他們的手工藝，只是門可羅雀，生意已大不如過去了。

這是我生平第一次進派出所，沒想到一路上折騰這許久才找到。更沒有料到的是，大家對派出所都和我一樣的陌生。這真是令人難忘的經驗。可惜，我忙了半天，吳祖光這次還是來不了，其原因，一言難盡。不過，下回要再申請，再要我作保，就省力多了。

中山室裡一少年

不知現今軍中是否仍有「中山室」的設置，四十年前，我當兵的時候，每個部隊都十分重視「中山室」。不常移防的單位，「中山室」的內容更是充實，我見過的許多市鎮圖書閱覽室，還不見得有它的規模，是軍隊裡最有文化的地方。

「中山室」，也有以「康樂室」替代的。書報之外，還有各類象棋。京戲裡的武場道具齊全，黃昏後，胡琴鑼鼓齊鳴，但唱的總歸離不開紅鬃烈馬、武家坡、大登殿等幾齣老戲。平劇是年長者的藝術，年紀愈長愈能浸淫在平劇的那種低迴婉轉的韻律之中。近年我就變得非常喜歡平劇，尤其崑曲，更是傾倒。這種轉變絕對和年齡有關，年歲大了以後，性格也跟著變了，性格變，興趣也自然的隨著變。可是當年，我恨透了平劇，甚至罵那些邊走邊哼打拍子的老兵是怪物。主要是年紀輕，性子急，一個字咿呀了半天，還是聽不懂，年輕人哪有那種耐性。但是那時勞軍的又都是這玩藝，而軍隊是團體行動，我又不能不手提小板凳跟著跑。所以參加勞軍晚會，是我將它列為在軍中兩大苦事之一。另一苦事是站十二時至二時的衛兵，剛剛睡著就被挖起來，難受呀。那時我們都是十多歲的孩子，正是好睡的時候。

軍中一度流行壁報比賽，從連一直比到師，比到軍。軍隊之外，中等學校和公務機關，好像也有過這個風氣。前些時去區公所申請戶籍謄本，在樓下大廳看見一塊宣傳市政的壁報，我竟然在它的面前踟躕許久。那壁報十分粗糙，絲毫沒有美感，因此，我自然不是為了欣賞，而是觸景生情，禁不住使我想起過去，想起自己製作壁報的那段日子。在新聞界幾十年，我已算得上是老兵，也敢說是「全才」，大報小報，從第一版到地方版，從家庭版到副刊，我都編過，但都比不上當年編壁報的快樂。壁報伴著我度過一個漫長的青少年，在我對人生最失望的時候，在壁報中似乎見到了希望，見到了一條自己可能可以走的路。

那時我根本沒讀多少書，現在想來仍覺驚奇的是，我居然知道用「獨創」二字去和指導員辯論我的設計。所幸我遇到一位至今仍令我十分感念的指導員，他曾是廣東中山大學政治系的學生，三年級沒唸完，便因時局動亂而從軍，而憑他那張中山大學的肄業證書而被授階，而做了指導員。他那時也不過廿出頭，但自視甚高，非常用功，英文尤好，對做壁報這種「雕蟲小技」似乎不屑一顧，任由我自由摸索。到我做好了，他卻又是意見最多的。不過最後他會說：以後還是照你的，你的很多創意是我所沒有的。「唸過大學就是不一樣」，這是當時我在袍澤間常用來稱讚他的一句話，如從心理分析，亦可看出我當時的心態，對大學生的崇拜和羨慕了。

我的每塊壁報都有主題，但表現方式則強調多樣性。即使主題是配合節慶或上級規定的，我也會在表現方式上別出新裁力求突破。我記得很清楚，那塊獲得師競賽第一名的壁報，我相信是因為抄錄王維的《老將行》放在報首，而贏得佳評的。「少年十五二十時，步行奪得胡馬騎。射殺山中白額虎，肯數鄴下黃鬚兒。一身轉戰三千里，一劍曾當百萬師。」像這樣的句子是最討軍中長官們的歡喜了，而與當時軍中的士氣也頗為契合。在我而言，只是取巧，為了讓評審先生能順利寫下評語：「主題正確，對士氣深具鼓舞作用」，我還特別翻開唐詩三百首抄下白話翻譯。

曾有報刊做作家第一個作品專輯，我因為無法提供第一篇作品而相當為難。我的第一首詩，就是刊載在自己編的壁報上，題目是《啊，故鄉啊》。那時詩人寫詩都喜歡用「啊」來加強語氣。我用「啊」的時間並不長，在我的第一本詩集裡，只一兩首詩有「啊」這個字。遠離「啊」，是遠離「情緒」，這對一個現代詩人而言，是非常重要的第一步。那首詩，除了題目，內容我已完全不記得。雖然如此，但一個十多歲的孩子，離家未久，想家是必然的，家鄉的一草一木，仍是那麼的熟悉，時刻在輕喚著他。所以詩中所要表現的意象也就不難捉摸了。詩中感情的真實性相信尚有可觀，其技巧的拙劣也是可以確定的。

編壁報、得獎、發表第一首詩，我就是這樣默默的被引上現在這條路：醉心新聞工作數十年，全神貫注文學創作。而這與「中山室」又有什麼關係呢？因做壁報都在「中山室」，以後我很自然的便成了「中山室」的「主管」，睡覺也從大通舖搬到「中山室」裡來了。

可能是小時候受一位鄰居的影響，他是位無師自通的素人畫家，很受村里長老讚賞，所以一度我也很想成為一個畫家，當然不時也會胡亂塗鴉一番，這便是為什麼我會被看上擔任製作壁報工作的原因。我曾畫了許多歷史英雄人物的肖像，加框，掛滿「中山室」四周，將工作環境佈置得非常有藝術氣氛。以那時的情形看，我實在是應該成為一位很有希望的畫家才對。

「革命性」的婚姻

提到結婚照，我就對妻感到無限歉疚。這也就是，《文訊雜誌》一再向我和素貞索稿，素貞是一再謙退，我也一再推拖，一再找理由不寫這篇文章的原因。

最近，《文訊》的編輯又舊事重提。電話中的女編輯語氣非常誠懇，使我不忍拒絕。同時，想想，也好，藉這個機會，將二十多年前，在照相館拍結婚照時，粗暴發脾氣，對素貞的不禮貌，所造成的傷害說出來，也算是公開的向她道歉。以後，再有人在我面前提到結婚照時，我的內心，也許會好過一些。

我和素貞的戀愛期長達八年。所以，當我的許多年輕女同事，男同事，認識一兩個月，就宣告訂婚、結婚時，我常常嚇一跳。

戀愛期雖然這麼長，可是，我始終不覺得我會結婚。第一，那時候的外省男人，和本省小姐結婚，很少不鬧「家庭革命」的。這種婚結得沒意思。我的原則是，你既然愛這個女人，就不應該讓她去傷害她的家庭，和她的父母。第二，是窮。基於上面的原因，我根本沒有作結婚的準備，事實上，也無從準備起。因為四年的大學，讀書交學費，欠下的債務，已經使我不得不減少與素貞約會的時間。我們曾有過兩人口袋裡湊起來，只有十五塊錢，各喝一碗稀飯，吃兩只鍋貼，壓一天馬路的紀錄。

素貞的家，是典型的中國傳統大家庭，伯叔父雖已分爨，二三十口逢年過節仍共聚一堂，家中的大小事情，全由一位七十多歲的老祖母作主。她沒有受過教育，更不諳國語，再加上當時的社會風氣閉塞，我又是個窮光棍，我對我們的未來真的不敢抱什麼希望。

但是我從我們的結婚經過，在人生經驗上得到一個非常大的啟示。那就是，凡事總得先試，試了，才知道會不會成功。千萬不要未試之前，就先自我否定。我是完全抱著一試的心理，請素貞的一位大學同學去「說親」的。我要她在提親的時候，提出一個「附加條件」，美其名曰「免俗」，不舉行訂婚儀式。如果一定要，那麼不送餅，不送聘金，因為婚姻不是買賣，這種禮數反而是對兒女不尊重。其實，哪是為了「免俗」，主要是我沒有錢辦這些事。另外，我敢於如此「莽撞」，如此「荒唐」，不知道對方答不答應，就反賓為主，開出條件，基本原因，是我如前述所說，我根本不抱希望。

結果，我們沒有鬧家庭革命，卻有了「革命性」的結局。老祖母吩咐素貞的父親，一切都照我所開出的條件接受了。這簡直是太難以令人置信，難怪素貞的同學高興得從新竹一直笑著回到臺北。這在當時民風守舊，面子第一的社會，我豈能不用「革命性」的結局來形容，來加以感謝。以後我才知道，是老祖母一向就很喜歡這個二房的長孫女，才會有這個結果。再加上素貞在她的家族中，是第一位大學畢業，而且已經在中學任教，因此就更加的受尊重了。

訂婚是省了，結婚仍不能鋪張。事實上，也無從鋪張起。所有的結婚經費，還是名詩人，現已專力於出版事業的黃荷生兄借我的七千元。可是我為自己訂下的原則是，絕不能過分的簡陋，否則，便太對不起人了。所以，酒席是訂在第一飯店十樓，在希爾頓、來來，還沒有開張前，它是臺北最受注目的飯店之一。還有相當像樣的歌舞表演，一些善歌的名詩人也忍不住登臺助興。禮車，是一位臺北某分局長的親戚，替我向該分局借的，一部又長又寬，黑色莊嚴的大禮車，紅色的彩帶往上面一繫，氣派十足。這一切，都是為了安慰老祖母，更重要的，是為了減少別人在她老人家面前抱怨、數落的口實。我自己是從大家庭裡成長的，關於大家庭的人事複雜，我知道得最清楚。

新娘化粧是張香華為我們找的。現在是柏楊太太，女詩人張香華，是素貞的大學同學，當時又是古亭女中的同事，為人熱心，又肯幫助人，素貞一度是她最要好的朋友，我們經常聚在一起談詩、談文學，那真是一段值得懷念的日子。她告訴我們中山北路一段，在中山市場附近，有位非常有名的化粧師，叫李瑛，似乎是從日本留學回來的。說實在的，可能是由於窮，我對中山北路這條街，一向很排斥。可是是好朋友介紹的，我們自己又找不到適當的地方，也就只好接受了。那天的不愉快，問題就出在新娘化粧的觀念上。現在想想，其實是我自己不懂。我看現在的許多小姐拍的結婚照都是那個樣嘛。

重慶南路一段的「國際」照相館，是當時臺北市最具名聲的照相館。我們原先還不知道有這麼一間照相館，還是擔任我們結婚總管的葉泥兄介紹我們去那兒的。葉泥是名翻譯家，國學修養甚高，只是現在他已不好此道，專事於書法研究了，詩壇的朋友結婚，如瘂弦、鄭愁予、羅行、辛鬱、羅馬（商禽）、楚戈等，都是由他擔任總管。我用「由」而不用「請」，是有「當然」的意思。他自己只譯詩，不寫詩，可是他最愛我們這群寫詩的朋友，我們對他也就顯得特別的親切和尊敬。「國際」照相館最令我不滿的一點，是扣住每一位結婚者的底片，我們現在要再洗，還得到該店翻它的檔案，事隔廿多年，不知該店還安在否？我們的不愉快的事，就是在那兒發生的。

素貞的新娘化粧，我的強烈感覺是太濃。我一向喜歡疏淡，我認為女人臉上，只要略施脂粉就可以了，就是新婚也一樣，其實素貞平常是很少抹脂搽粉的，結婚時候用的一支口紅，我看她一直放了好幾年，乾掉了，才把它丟掉。可是那天，李瑛將她的臉塗得變了形，所以在國際照相館門口，我一看，頓時脾氣就發作了。照相館的攝影師再三解釋，這可能是為了夜間筵席上，遠距離拍照，臉上的輪廓可以分明些。我卻一再的嚷嚷，這那裡是新婚化粧，簡直是唱歌仔戲嘛。我知道這句話傷害了素貞，流在她臉上的淚，很快就將李瑛的化粧模糊了。回去補粧已來不及，便由她的同學幫忙，「恢復」她本來面目。我安慰她說，這樣好，這樣才是我希望的。

事後，我們都刻意的將此事埋入心底，盡量避免去觸動它。這次應《文訊》編輯之邀，追敘了這段往事，不禁內心又感到無限的歉意。

《文訊》編輯還希望我照該刊的體例，報告一下家庭現況。素貞目前是師大國文系教授，專精韓非子和現代文學批評。長女光霽，今年臺大社會系第一名畢業，獲芝加哥大學全額獎學金，預定八月底赴美深造。小兒公彥，在清華化學系就讀。我自己每天忙於俗務，荒於創作久矣，今年也許會再出版一本詩集，聊以自慰。

我的岳父

岳父去世已滿一週年，昨天我們全家人回新竹祭拜。

妻是長女，是岳父母第一個孩子，岳父常說，她與岳母的性情最相像，在這段日子裡她扮演了一個非常重要的角色。岳父去得很突然，岳家一時失去了重心，家業的持續與開拓，長輩間關係的維繫，自有幾個內弟撐持；唯獨岳母猝然喪失老伴，情緒陷入孤絕狀態，幾乎喪失生存的意志；妻強忍內心的悲痛，負起了寡母心理復健工作。讓寡母的生活不致孤寂，竭力沖淡寡母悲愴的思緒。例如，她自己盡可能經常抽空回去探望，陪伴著岳母去看看鄉親好友，同時央求親友主動邀約寡母出遊；費盡口舌鼓勵寡母上臺北小住等等。總盼望兒孫的孝順與關愛，能彌補岳母遽失配偶的創痛。

週年祭，岳母知道我在報社工作，生活反常，早晨起不來，她並不堅持我一定要回去。但為人女婿，中國人慣稱是半子，更何況岳父生前待我不薄，即使三天三夜不得合眼，我也得振作精神，趕回他神位之前，獻上一束香，為我，為他的家人祈福。只是，昨天我們匆促成行，仍未能在岳母準備香案、祭品，最忙的時辰趕到，好讓妻多幫點兒忙。

昨天下午，一家大小十幾口，聚在小客廳中，談起岳父生前生活的一點一滴，不禁為之唏噓。

岳父跟我的父親一樣，都有一個不快樂的童年，所以我聽起來就倍感親切。他們倆小時候都是替人看牛趕鴨子，根本沒有進過學校的門，因此識字不多。父親婚後，跟我娘學習，普通的帳可以記。岳父的一生，是與人合夥在新竹菜市場內開一爿小布店，算盤打得不錯，是跟誰學的，他未提及，我們也未曾問過他；而那種進位退位的學習過程，想必是很艱苦的。但在他們兒女的心目中，他們都是了不起的完人。

五十多年前，臺灣人民的生活，普遍不好。讀書上學，事實上，不是每個人家的子女都能夢想得到的。因窮而抹殺了多少聰明才智，這是過去中國的不幸，也是中國人的不幸。而岳父的不幸，可以說只是廣大不幸人群中的一個小泡沫。三十年後，他已成家立業，新竹地方的風氣仍未開展，女孩子讀書仍然是奢侈；女孩子遲早是人家的，何必增加勞苦作無報酬的投資？就是富裕人家，女孩能唸師範，當個小學教師，已經算是很好了。如果妻的命運，接受了這個傳統社會觀念的安排，妻喜愛讀書，強烈的求知欲望，雖然會覺得委屈，但在別人看來，尤其一個普通人家的子女，那應當是很正常的。

而妻偏偏是個拗性很強的人。她的父親，在我們結婚時，雖也端著一碗水，執行傳統的禮俗，「嫁出去的女兒，是收不回來的潑出去的水。」妻拒考師範，直升新竹女子高中；以及，不管將來能不能讀大學，考了再說。她的種種試探，她父親總是作默許性的鼓勵，絕不因她是女孩，是潑出去的水，而加阻止。妻也爭氣，她優異的表現，無形中增加了她父親對兒女「投資」的信心。因此，在分家的時候，岳父本來可以在新竹市鬧區分到一棟非常像樣的樓房，底層還可以作店面。但為了要有一筆隨時應急的教育費，寧願住小房子，將高樓讓給其他兄弟。儘管岳父一時沒想通，有產就有財的道理；又儘管他的兒女都抱怨他們的爸爸，真是傻得可以。但事後想想，他當時的這番苦心，怎麼不值得敬佩。如換別人，既然有大廈可住，一時興奮忘形，那還會想得那麼多，那麼遠。

岳父對名利的淡泊，所謂與世無爭，是我見過的人中，絕無僅有的一位。在七個子女中，除妻已在大學任教以外，其他亦都已完成高等教育，並又有兩人讀完研究所，繼續深造中。親友相見，屢屢稱羨他好命，兒女個個有出息。但他總是牽動下嘴角，微微笑了一笑，從未再置半詞，藉兒女的成就來炫耀自己。對兒女讀書，他所抱持的態度是，他們喜歡讀，就讓他們讀，目的不是為了光宗耀祖；孩子求好，有進取心，他當然高興，但他無心去沾兒女的光。他還是他，每天踩著破舊腳踏車，去菜市場看顧他的小布店；高興時與老主顧多聊幾句，晌午生意清淡，趴在櫃檯上打個盹。我每次回去，見他那種安詳樣子，就會滋生感慨，世間的人整天紛紛爭爭，究竟所為何來？他難道不屬於人群中的一份子，為什麼他的心境能如此清靜，別人不能！他常常說，人嘛，可以過得去就好，何必凡事斤斤計較。這句話，不是他獨創，別人也常常說，為什麼別人做不到，他卻做到了？

一般說來，知識程度低的人，愈固執；沒有出過遠門，見識不廣的人，地域觀念也就愈重。而我的岳父，卻是例外的例外。比如省籍觀念，無可諱言的，三十年來，在部分人心目中，仍未完全清除。但我的岳父，別看他一生未曾摸過書本，不知道北平是在長江之南，還是在長江之北；但他的思想，卻能遠離這個島嶼，觸及到一個廣大的中國。我與妻結婚時，先前我們還十分擔心，他如果反對怎麼辦，鬧家庭革命？那是我們所不願意的。那時候，本省姑娘嫁與外省郎，鬧家庭的革命事，豈不是屢見不鮮？岳父本來也不太同意，但他擔心的是：「嫁得那麼遠，將來女兒跟她先生回浙江去，一年難得見一次面。」是捨不得女兒遠離，而不是因為我是外地人。以後他常會問我家鄉的事，我也會趁機安慰他，浙江與臺灣只一水之隔，乘飛機一個小時就到。將來我們回去，回來看你，還可以朝發夕返呢。他聽了，笑得開心，我們也深感快慰。

岳父與岳母夫妻情感之篤，也常見於日常生活中的小事。十多年來，我從未聽說，或看見他們有過任何爭吵，連彼此說話大聲一點都沒有過。但他們之間的生活並不單調，岳父也許不懂得什麼叫幽默，不過他知道該如何去調劑。例如全家人聚在一起的時候，岳父常唆使孩子們「清算」他們母親的私房錢。在過去中國的大家庭中，媳婦們弄點私房錢，不是稀奇的事，而到分家以後，私房錢已不再是屬於她自己了，她是這個小家庭的主婦，操心柴米油鹽之餘，不得不一個個貼補進去，而岳母就是這樣。據妻說，岳母年輕時候可憐得很，家事之暇，替人編織草帽、清理舊磚塊，賺一毛兩毛，積下的幾個錢，也都在分家以後，家裡不夠開支，一個個全貼進去了。岳父那會不知道。但他知道孩子長大了，平常談話很少談到母親，做母親的會自覺愈來愈不重要。而藉私房錢，將一家人的話題集中在母親身上，母親會覺得她仍屬於這群孩子，孩子們仍需要她，她內心會有無比的高興。

岳父自己不認識幾個字，但好幾次，我見他調侃岳母。在臺北街頭，指著公車站牌，要岳母指出到我們家下車的站名。岳母即使明明知道，也會轉頭故作不知道。待岳父得意的笑起來，她也會暗暗竊笑一番。我們看在眼裡，亦覺無限快慰。這樣的一對夫妻，岳父去世之後，岳母那能不傷心欲絕！

岳父的一生，唯一的消遣是看布袋戲。城隍廟前，小小的帆布棚，似乎是他的學堂；他的一切做人的道理，想必都是從那裡學來的。他一生不沾煙酒，卻死於一小杯的紅露酒，這是萬萬意想不到的事。更絕的，是那天也是他們夫妻結婚四十多年來，第一次兩人一起出去應酬。

深感遺憾的是，他中風躺在醫院病床上，不省人事，而我必須趕回報社上班，未久，即接到妻的長途電話說：「爸爸過去了。」而未得再見他一面。

他葬在新竹郊區的一座公墓中，那是一座缺乏管理的公墓，墳堆雜亂而擁擠。岳父的墓穴，淺得不到三尺深、薄薄的一坯黃土，正是他生前儉樸生活的寫照。這樣也好，這樣也許他更能享受到陽光的溫暖，和我們的懷念更為接近。

邊際人

由於工作的關係，孩子放學我上班，孩子起床我仍在床上，除了週末禮拜天，平常與孩子幾乎碰不上面。過去有一陣子真是忙，連星期假日也得鎮天往外應酬。直到有一天，發現孩子一下子長高了很多的時候，才倏然覺悟，原來不是孩子長得特別快，而是我已經很久沒有見到他們的緣故。

自那以後，我就下定決心，至少每週要騰出半天的時間給孩子們，星期六或星期天下午，和他們一起玩耍，或上街吃吃小館。孩子們的興趣是隨著年齡而變的，好在自己年輕的時候，也是一日不得閒，什麼都會一點，如象棋、打球、游泳，甚至捉泥鰍、下廚弄吃的，所以跟他們還能玩在一起。讀國小四年級的小兒，運動興趣已開始向籃球場發展了，二十多年前，我是師代表隊的前鋒，曾橫掃北部所有各軍種的籃球隊，而連獲二屆軍團比賽的冠軍。現今雖已中年，但看見籃球仍會手癢，甚至還會有下場投上兩球的衝動。苦於無伴，當孩子有天向他媽提出買籃球的要求的時候，我在客廳聽見，即遠遠的搶先代著答應，明天馬上買，並且答應教他。內心霎時間亦萌出一個希望，希望孩子不成國手，也得打得一手好球。

近日天雨連綿，妻和女兒，都在書房忙她們自己的事，改考卷或溫習功課。只小兒一人在客廳，等待天氣放晴，好把我叫起去他的學校打籃球。其實，我很少午睡，平常即使吃完午飯，馬上出門，也都是在構思當日該作的事，或要完成的詩文。不過我習慣一個人躺在床上，閉目靜思，加上妻兒看見我在睡覺，都不忍心打擾，就更能安靜的深思了。小兒看完各電視臺週六下午的卡通，沒事做，就興致地翻起照相簿來。那一大堆相簿，原本是放在書房書架的底層，有回妻忘了留下電費，便去上課，我到處找錢繳電費，曾發現那堆相簿，還曾使我的內心抽動了一下。因為我非常念舊，「念舊」幾幾乎成為我性格上的弱點。大則走過舊日住過的城鎮和房屋，小則於抽屜中翻出一封舊日師友的書信，或發黃了的未完成的草稿，我都會楞在那兒想上半天。相簿大概是妻的一位女弟子，新近從美國歸來，昨天來家看孩子們，才將它們搬出來充實談話的內容，而未收拾回去。

小兒一面翻，一面老遠大聲的問他的媽：「怎麼爸爸照相，都站在旁邊，而不站在中間啊！」這問題很難回答，不是她能回答得上，不僅她回答不上，連我自己也回答不上。因此，誰都沒有回答他的問題，讓他那充滿懷疑的聲音，在屋的角落輕輕的落下，漸漸的消失；好在妻生性淡泊，從未奢望我大富大貴，因此，孩子問過了許久，後面的書房仍是靜靜的，未聞有任何嘆息之聲傳出。我當然也不會有什麼特別的感想，但也難免勾引起一些雜感。

照相也是一種發表慾，有人特別喜歡照相，有人一照起相來，就東躲西藏；我兩者都不是，隔個三五年，用得著個人照片，覺得舊相片不很相宜時，我會到相館正襟危坐的拍上一張，但這種機會愈來愈少，七八年前拍過一次護照照片，幾乎已沒有進過照相館。而不管有事沒事，一年總得穿整齊到相館照上一二次相的人，也不是完全沒有，我就曾認得幾個朋友，將自己的過去編排得好好的，他會翻開相簿，清楚地告訴你他廿歲的樣子，廿一歲的樣子廿二歲的樣子，一路說下去……。這種人無須我細表，你就可想像得到，是作事一板一眼，對自己十分愛惜的人。甚至你可以想像，不小心觸出一滴血，擦破一層皮，都會覺得無比心痛的人。

小兒發現我照相的情形，當然是指團體照而言，因相簿中單人照極少，而團體照卻極其多。開會訪問，大夥兒聚在一起拍張相片作紀念，人家向你招手你不走過去湊一份，人家會覺得你怪；但有時候跟幾個你不太喜歡的人在一起，心底裏也的確覺得彆扭，我想有這種經驗的人很多，不僅僅是我一人。可是，當你站過去的時候，還得臉露笑容，裝著是很愉快的樣子，使看照片的人覺得那些全是你的朋友，這便是人類不能避免的虛偽，所造成的許多誤解。

這便是我成為照片中「邊際人」的原因之一。

已記不起是在日月潭，抑或是在溪頭，曾半玩笑的與一個非常熟悉、我行我素、非常不在乎別人調侃的同行者說：你有沒有發現，報章雜誌上指的要人，尤其是資料照片，絕大多數的圖片說明，都是右起第幾人，或左起第幾人，絕少是中間的。因此，你如想要做要人，做文學史的歷史人物，最好不要急著往中間擠。站在後排，只露出一個人頭，讓讀歷史的人，在照片的人堆中找你，豈不更有意思。

我自己愛在邊緣站，倒不是想作歷史的要人，而是每次照相的時候，看大夥擠來擠去，看得好笑，也看得心煩，所以往往一個人站在老遠，看他們擠好了，站定了，才走過去，在最邊緣的地方，挨著擠不贏的人身邊一站，成為「邊際」的人，完成了這個團體的一份子。這時候，我的心態只是為了盡責，而不是想搶鏡頭。

幾年前，有朋友與我一起編刊物，一位名作家的照片中，旁邊貼著幾個愛好文藝的青年學生，我那位朋友，為了版面的需要和強調這位名作家，就想將兩邊的學生切掉，放大照片中的主要人物。就現況的需要來說，他沒有錯，而且完全正確，因此，當他徵求我意見時，我不置可否，只說：看情形處理吧。待他切好照片，跟本事不發生關係了，我才說：以後進入文學史的，可能是被你切掉的人，而不是我們要刊登的這位名作家。我心裏還更相信，現在看起來也許是學生沾那位名作家的光，幾十年以後，那位名作家卻要去沾他們的光了。因此，我不僅自己處理照片不切照片中的「邊際」人，也反對別人過份的「現實」作風。

我從未覺得我有自卑感。無論現實環境如何惡劣，我還是覺得我是個強者，唯其如此，我才能不斷地有勇氣去克服。但由於小兒無意中的發現，使我深深的覺得我有很深的自卑感。至於過去的強者的心理，只是為了戰勝環境而刻意勉勵自己的一個「信念」而已。

與自卑心理相反的，不是自強，而是自大。依照一般人的分析，及印證，有很深的自卑感的人，和有極大的「自大狂」的人，其成長的過程也是兩個極端。前者是在卑劣的環境裏長大，後者是在嬌生慣養的環境中長大。這就對了，我的成長環境雖不「卑」，但卻「劣」得不能再「劣」，三歲喪母，十歲喪父，十三歲流浪到臺灣，上帝還要怎樣折磨人！如跟一個大學畢業就繼承父業擔任什麼公司的總經理，或者慈母課讀再課讀，父親鼓勵再鼓勵，滿脖子套著花環，不到三十歲就唸了個洋博士回來的人站在一起，我的自卑是當然的，對方的自大也是必然的。

因此，我之甘願做個照片中的「邊際」人，跟我成長的環境不無干係。但我從來不對我生活的惡劣環境有過任何抱怨，只是偶爾於不快樂的時候，遇見不快樂的人，以稍帶喟嘆的口氣說一句：人也，命也。而要想遇見不快樂的人，卻是何其多，放眼望去，滿街滿巷多的是不快樂的人，只是你不認得而已。

如果說，甘願做邊際人是不夠進取的話，那麼，我可有後望了。我的兒子必然是不喜歡我永遠做個邊際人，才會有那樣的想法，才會有那一問。既然不同意他老子永遠作「邊際人」，將來他就應該奮力向人群中擠，站在人群中去拍照，一張張的留下他人生的歷程了。

怕住高樓

我怕住高樓，不是酸葡萄，是真的。

中東國家的石油，一年之中，漲了好幾次價，漲得人慌慌的。富人不要緊，窮人的日子便是難過。我所謂難過，不是說日子過不去，而是心裏不得安。譬如說，辛苦了好幾年，有一點點餘錢，未來的生活剛可以鬆一口氣的時候，突然石油漲價，國內的物價跟著漲，錢幣貶值之快，不是我們的收入跟得了的。而如何將一點點積蓄妥善運用，在物價巨變中，保住那點錢；像我這樣一個一向無經濟頭腦的人，有時候，也不得不因此傷腦筋。我說富人不要緊，是因為富人不動產多，水漲船高，外來的一點點變動，動不了他們的根本。

過去的窮日子過怕了。說出來不怕見笑，念書的時候，借不到學費，申請延期註冊，同學們還以為我功課不好，被勒令退學了呢；大女兒彌月，不夠錢買菜餚招待親友，還是拆她外婆的紅包遮面子。因此，前幾年，夫妻倆有機會多兼一份差事，也就不嫌辛勞地接了下來，總算有了幾個餘錢。窮人有了一點錢就怕弄丟了，錢增加窮人的痛苦，所以有人主張窮人不應該有錢。但是他們怎能不怕，如果他們身上僅有的那麼點兒錢弄丟了，明天他們就得餓肚子。他們怕，是因為錢太少，富貴人家不怕，是擁有夠多的錢財，損失一點小錢，對他們的生活不會構成危機。我那個時候的心境，完全是窮人的心境。我掛慮的是：只要物價稍有變動，幾年的辛苦就泡湯了。

於是，就冒險在一處大廈中訂下幾坪大的房子。為什麼要訂大廈，當初也有我們的打算。因為積蓄無多，即使再搭幾個會，還是不夠。但十二層大廈，從打地基到蓋好交屋，至少需要二年；心想有二年緩衝時間，就不會那樣緊了。結果緊不緊呢，天知道。可是房子已經訂了，再緊也得支撐到底。

同事們都知道我買了這麼棟房子，房子蓋好後，就問搬了沒有。我說沒有，他們就問為什麼不搬。我不願意解釋我的理由，嫌麻煩，就說是太太反對。太太反對是事實，她為什麼反對，下面再說。而我，是心理因素，「怕」。

若干年以前，有個朋友從美國回來，談起國內的文藝界。他說，他發現國內的作家、藝術家，爭名爭得很厲害，彼此都不願承認對方的成就，或者，只要別人對他的作品稍稍加以批評，就會視為是惡意攻訐，甚至猜疑另有陰謀。我欽佩他的觀察力，同時，我也覺得，不僅僅文藝界如此，整個臺灣的社會都是如此，大家的心，幾乎都小得容不下一粒沙。

這個問題，我著實思考過，我將它歸根於我們生存的空間太狹小；在這個島嶼上，大家人擠人，心擠心，將心擠得沒有了。如果再住到高樓上，一個人鎖在不到百公尺見方的小天地裏，與左右鄰舍，老死不相往來，豈不空間變得更小，心地變得更狹窄了嗎？我現在住在四層樓公寓裏，與鄰居相處，雖然遠比不上家鄉大庭院親切，但至少仍能在夏日黃昏，坐在自家窗前陽臺上，與對面鄰居搭訕幾句。如你們家的花壇好堅固呀！沒有被颱風吹掉；你們家的老大當兵去了嗎？怎麼許久沒有看見他了。而臺北的高樓，卻絕不會因為一兩個人「怕」住而減少。相反的，連近郊的山坡上，也都蓋起十層大廈來了。不知道，我那位朋友下回回來的時候，會不會發現，臺北人的心又小了許多。

我「怕」的，還不是我自己。我自己已經中年，一切都已定型；更何況我是童年過後才來臺灣的，家鄉廣大的土地時時於我的回憶中出現，現實的環境如何變，也不會使我的思想有太大的改變，我怕的是影響孩子。成長中的孩子，他們的心智與體能，都需要有一個相當大的空間來培養。在分工愈來愈細的現代社會，叫不出五穀的人，不見得就是無用之材。但在孩提時代，將他們關進瓊樓大廈之中，使他們從此不食人間煙火，遠離社會百態的群眾，我以為是樁很殘酷的事。記得自己小時候，滿山滿野到處跑，混跡農夫牧童之中，與村姑對唱改編再改編的山歌，它們留在我心中的快樂，絕非國父紀念館一流的音樂會可以媲美。

小時候的一切，都是一個人思想、人格發展的基調。

無論看戲，或看電視，我最怕看見孤兒寡母的場景，看見這種劇情，我都會情不自禁的難過起來。那是因為我小時候，見過一幕使我永遠不能忘懷的事。事情的經過很簡單，但它對我的影響，對我的激勵，卻幾乎到了刻骨銘心的地步。

那年我十歲，正是我生日那一天。我的生日是農曆十二月廿三日，所謂過小年，所謂送灶神，都是在這一天。十二月，已經是大寒的季節，院子裏，和馬路上，全已積著厚厚的白雪。外祖母裝好一小袋米，和幾斤豬肉，要我扛著送給曾經在我們家做過長工的一戶人家。平常外祖母很少要我做事，偏偏這天是我的生日，天氣又這樣冷，外面還下著雪，家裏又不是沒有工人，我不肯送，儘管也有工人願意替我跑一趟，外祖母仍是一定要我送。以後我才搞懂，那是她存心要送給我的「禮物」，邁向成年學做人的第一步。在我們家，男孩子滿十歲，就算是半個大人了。如果家中沒有其他男人，或者長輩有事分不開身，他就有資格代表出去應酬了。

那個長工已在不久前去世，留下一個幼兒和孀婦，生活過得十分窘困。這之前，外祖母也常叫人送米給他們。我們家和他們家貧富相差很懸殊，那個小名叫「小狗」的孩子（我不知道他們為何要這樣叫他），比我小一歲，卻是我很要好的玩伴，有人欺侮我們，我們總是彼此支援。我進門的時候，看見他直挺挺地跪在他父親的靈位前，他母親坐在他斜對面看著，面帶威嚴，卻又有一股憂戚。第二天，我問「小狗」為了何事，他說他姑丈就要來接他去學記帳，他娘要他向他爹發誓。我問他怎麼發誓，他說他娘說一句，他說一句。我要他背幾句我聽聽，他背了幾句：「爹一生羨慕做帳房，我一定不使你失望，做個體面的人，做個受人尊敬的帳房。」帳房在普遍讀書不多的社會，已是很了不起的人物，比起長工來，同樣是替人作夥計，但受人尊敬的程度，卻高得很多。另一點，在我們家鄉，有個根深柢固的傳統，那就是一代要比一代強，如果兒子比老子差，即使仍擁有萬貫家產，亦不為人所齒。我們不要小看這個傳統，這個傳統卻如千斤重擔，壓得每個做兒子的年輕人喘不過氣來。

自覺我的童年，過得真是有「煙」有「火」。還有件事值得一提：印象中，好像我們家的月亮特別多，小溪上架起竹架，白天晒東西，晚上乘涼看月亮，不到半夜不散。家裏有個長工，最愛跟我們這些孩子在一起，聽老先生們講故事，有時也聽他胡謅亂蓋。有個晚上，大家聽鬼故事正聽得專注的時候，他開溜了，我看見他開溜，因為他踩著我的腳。而在我回家的時候，他還沒有回家，第二天正午，別村的一家兄弟三人，氣呼呼的來家裏興師問罪，原來是他們家水田的水被偷了。我有好長的一段時間想不透，長工為什麼要這樣作。據我所知，我們家有好幾年存糧，一年歉收，影響不了生活。外祖父又是只要他一句話，就足夠平息所有的爭訟的鄉紳，鄉下人，愛惜名譽勝過他的生活，因此，他絕不會授意長工如此作。做長工，雖然家裏的大小粗活都得做，但總不至於要包括「偷」吧。可是雖然不包括「偷」，但做夥計的，往往為了表現忠心，顯示才幹，爭取雇主信任，常為老板做「偷」的勾當。尤其在社會上混久了，看多了，將周遭的人與事，拿來和長工的事作一比照，長工的行為完全是「正常」的，過去對他的不諒解，如今想想，也就沒什麼了。我不認為像這類事，孩子們知不知道無所謂是對的。它可以啟發孩子思考問題，了解人性。要曉得，如沒有這種經驗和智慧去了解人，而又逃離不了要和人去相處，那是很痛苦的。

要讓孩子多嘗人間煙火，我覺得我們現在住的四層樓都已嫌太高。為作補救工作，我總是有機會就帶他們離開臺北，而每次出去回來，總使我產生許多感慨。給我印象最深的是，女兒念書放第一個暑假那次，我帶她去林口鄉下，我曾經在那兒教過書的小學校去玩，途中遇見一位仍認得我的學生，堅邀我上他家小坐，舊式低矮的小屋，外邊還圍著一方竹籬笆，純粹是傳統小農家。誰知女兒一進門，就說：「好臭喲！」雖是童言無忌，使我的學生感到難堪不在話下，而它也深深的刺傷了我的心。因為我想像中，我的女兒不應該是這個樣子的，她太養尊處優了，她的抵抗力，幾乎已弱得使她無法在這種環境中生存，假若是進入比這更難受的環境，豈不要窒息而死！我不知道她是否仍記得那次旅行的事，我希望她能記得。那正是難得的人間煙火，足夠讓她在長大、出嫁，到我管不著她時，住進大廈之後，加強毅力，永懷悲天憫人的胸襟。

至於我太太反對遷入大樓，真是說來話長。彭歌先生住在安東街的時候，我和太太去過幾次。房子很小，書房更窄，不得已，他們只好將客廳四壁也做上書架。雖然每間房間都充滿「書香」，但坐在中間迴旋困難，影響情緒，一個人在情緒不好的時候，我相信什麼香都會嗅不到的。據說，以後彭歌先生也是七拼八湊，才在忠孝東路的一座大廈中，換了一間稍微大一點的房子。不多久我們去他新居拜訪，閒聊中，彭歌太太說了一個「笑話」，其實是無法逗笑的浮世繪，但講的人當它作「笑話」講，聽的人當它作「笑話」聽。她講完了，我們都苦笑了一陣。未料這個「笑話」，卻使我的太太心生畏懼，望高樓而卻步。

彭歌太太說，他們搬去沒有多久，樓下的管理員就注意到，彭歌太太上市場買菜，都是提著小籃子，個把小時後才回來。彭歌先生上班，報社車子開著，可以來接，如沒空，只好走到巷口搭公車，或乘計程車上班。管理員看在眼裏，再比較整棟大樓其他人家，心裏遽生疑問，就問彭歌太太：「怎麼，你們家沒有買車子？」好在管理員問話還算夠技巧，如傻里傻氣，直衝著她問一句，「怎麼，你們家沒有車子！」即使被問的人不在乎別人以有無車子來評估自己，但心裏總是不好受的。

過不幾天，彭歌太太買菜歸來，順便看看信箱有沒有信，管理員又向她搭訕，「你們家是作什麼的？」彭歌太太說，「公務員。」（那時彭歌先生是新生報副社長）那個管理員的臉馬上沉了下來，「噢」了一聲，扭開收音機聽他的「武家坡」去了。在管理員心目中，窮公務員一個月幾個錢，竟擠到四周全是進出汽車代步，董事長總經理們居住的大廈中來，真是沒有自知之明。彭歌太太說，一點沒錯，她家的樓上樓下，以及隔壁間，全是商人，沒一家門口不是擺著一兩部車子的。

我的一生中，士農工商兵，除了商，其他行業中人，不僅交往，對他們的生活情形，都很熟悉。唯獨商人，對他們的生活，真如隔著五里雲霧，有莫測高深之感，而偏偏目前臺灣的社會，商人卻在「五行」之中奇軍突起，一枝獨秀地奪走年輕人的理想。我見過許多從歐美、日本唸了法學博士、地質學博士、史學博士回來的年輕人，也都在多種機緣下，按捺不住高薪，和物質生活的引誘，離開學術本位，改行從頭學做生意了。我有個同學，從國外唸了個新聞碩士學位回來，跑了一年不到的新聞，發覺新聞記者這一行，不是發財的路，便毅然改行做貿易，不出十年工夫，竟賺了好幾千萬。現在住在市郊的別墅，去年夏天，我還到他家的游泳池裏游過一次泳。那滿院的韓國草坪，舒適豪華的家居環境，那裏是一個國家的部長、次長比得上的。更別說那些為了國科會的一點點貼補，每天趴在四十燭光的日光燈下，趕寫研究論文的大學教授了。

到現在為止，商界的朋友，我還是沒認識幾個。但類似大亨巨富的家，倒是進去過好幾家。都是在朋友的拉扯下，跟隨他們去開眼界的。大廈之中，接連擺著幾套大沙發的客廳，比我們全家住的房子還要大。煙酒之外，茶桌上飯前用的小點心，也全是舶來品。高椅圓桌的飯廳，銀色的餐具，可媲美豪華大飯店。但是，參觀來參觀去，這些人的家中，總好像還缺少點什麼，而這種我無法解釋的感覺，卻又絕不是在牆角下，擺上一架光亮的鋼琴能補救的。再絕的是有回我站在一架鋼琴前，問那位穿著入時的主婦：「孩子學鋼琴？」「沒有。」「你彈的？」「沒有。」我心想，那麼，擺一架鋼琴在家做什麼呢！我納悶好久，好不容易才想通，原來它是有錢人家的裝飾品；難怪鋼琴生意好，買鋼琴要先預訂，半年一季才能交貨。

太太不願搬去大樓，就是怕在這些富人中間做窮人。窮不是罪惡，我們窮得起，可是孩子們的好強心理窮不起呀，我和我太太的顧慮是一致的，我們決定不搬。

端午瑣記

託屈原的福，端午不必上班。可惜歷史上只有一個屈原，如果多幾個，不就可以多放幾天假了嗎！

我曾看過許多屈原的畫像，有國人畫的，也有韓國人和日本人畫的。國人畫的像宦官，韓國人畫的像小丑，日本人畫的比較飄逸，但嫌過分超凡入聖，不像是我想像中的屈原。我想像中的屈原應該是走在西門町和一般人一樣，誰都看不出他是一位偉大的詩人，唯其如此，他才能寫出偉大的詩，他才能永恒。

*

躺在床上，把孩子叫過來，搔癢逗樂，兩個人笑成一團。妻站在房門口，大吼一聲，將一個冷清清的早晨，弄得熱烘烘的。

我喜歡熱鬧的早晨，和清靜的夜晚。若家鄉古老的農村，一聲鋤響，全村鋤響的早晨，以及安靜得連星星的移動都聽得見的夜晚。

＊

陪妻去菜市場。

市場邊有間牛肉麵店，這麵店的老板本來很有個性，剛開始在路邊擺路邊攤時，每天只賣五十碗麵，賣完了就回家睡覺看武俠，賣不完就繼續擺。由於方圓一二千公尺內的居民，都知道他的麵味道很不錯，向隅的人也就愈來愈多了。他便十碗十碗的加，隔些日子多賣十碗，再隔些日子又多賣十碗，最後他曾以紅布條告示顧客，加到一百碗為止，絕不再加。未料不久前，妻回娘家，我帶著孩子去光顧這家麵攤時，它竟從多次被取締的馬路邊，搬進一間廿多坪的房子裏，還有兩位小姐來回走動，招呼生意，雖尚未見到招牌店名，可是內部的設備，已儼然像一爿頗具規模的牛肉麵店了。

每次路過此處，我總會不期然的想到商禽。這個詩名遠播，廿多年來，一直深受詩壇尊敬的詩人，若干年前，應美國國務院邀請至愛荷華大學作家工作室研究訪問兩年回來，因迫於生活，曾經在永和中正橋頭開了爿「風馬牛肉麵」店。記得楊牧等還曾為文替他作宣傳。

但是沒有多久，便開不下去了。商禽自己固然檢討出很多失敗的原因，而我認為關鍵還是在店名。那個店名的涵義很好，它的意思似乎是說：我（店老板、商禽）本是位國際知名的詩人，是提供國人精神食糧的，迫於現實，不得已在這裏掌爐賣牛肉麵，兩者本為風馬牛不相及的行業，如果端出來的麵不合你的要求，你未進門之前，我的招牌就已告訴你，我本不是研究這一行的，你應該包涵一點。（這是筆者根據商禽的遭遇猜測的，也許它根本沒有我說的意思。）

它與過去我和朋友們所開的「作家」咖啡屋一樣，病在不夠大眾化。「作家」就沒有「家家」容易記、容易唸。如果當初它以「橋頭牛肉麵」、「永和牛肉麵」為店名，情形可能就不同了。商禽是我朋友中，思想行徑最務實的一位，但遇到文字方面問題時，仍免不了要咬文嚼字，或將個人的心境反映到上面去。這種癖性，在現實環境裏不僅無益，反而有害。這實是我們這群搞文字工作者的悲哀。我將這悲哀視為是甩不掉的尾巴，有了它，就沒有光屁股的人躍入任何新環境顯得俐落，沒有負擔。

沙發椅的聯想

剛進門，就認定這張雙人沙發椅，是屬於我們的，我們便毫不猶豫地走過去坐下。一直要坐到做完這次客人，才離開它。

剛坐下，身體便非常舒服的往下陷：我感覺到你也是的。而我便乾脆放鬆自己，全身癱瘓在它柔軟的結構裡。我的體積大而且重，因此，我這頭顯然比你那頭陷得深。離開時，壓下去的彈簧，還得恢復半天，才能恢復原狀。

雙人沙發椅的造型，酷似大水壩，將我們攔在一起。在水壩裡的水，再也不能流動，要流動，就得等待一次山洪，或壩基動搖，決堤而去。

我們坐在沙發裡，一下子轉過身，面對面，一起譏笑屋裡其他客人談論的話題，一下子扭過頭，為了一個彼此詮釋不同的問題，誰也不理誰。有人將我們這些動作，比喻為經常出現於水壩裡的漩渦。

雙人沙發椅，雖然不如單人沙發椅，可以隨心所欲，愛怎樣坐就怎樣坐，愛擺什麼姿勢，就擺什麼姿勢。坐在雙人沙發椅裡，每次要移動之前，都得先考慮，不要因為我的移動而影響坐在同一張椅子裡的人的安寧，甚至受驚嚇。所以，你會發現我是多麼的安靜，連翹下腿都不敢。

但是雙人沙發椅，也能坐出其他椅子所坐不出的樂趣。比如說，客廳頓時出現寂然無聲的時刻，大家都是來此做客，誰也不認識誰，誰也不願跟誰表現得過分熱絡。同時這種冷漠的場面，經常可以看見，前天曾經遇見過，今天又復出現了。頓時變得十分靜寂，是因為大家已將各人自己關心的話題說完，再也想不起有任何新的話題的緣故。這種時刻是我最怕的。但是，你又不能為打破這個可怕的時刻而大聲嚷嚷。此時，你將會發現，與你坐在同一張沙發上的人，是你唯一可以輕聲傾訴的對象。同時，他也永遠不會厭煩，因為他知道，既然是坐在同一張沙發上，厭煩和抱怨都沒有用。就是你口沫橫飛，噴得他一臉，他也只好轉過臉偷偷抹了，裝著沒有這回事。當您對某一件事，發表不同意見時，坐在同一張椅子上的人，總是首先支持您的。

除了雙人沙發椅，現在又有所謂三人沙發椅，是用三張單獨的椅子拼起來的，隨時可以拆開，也隨時可以合併。我看見很多家庭有這種陳設。我不知別人感覺如何，我卻十分不喜歡這種椅子。我常常同情坐在中間的那位。他的不自由可想而知，與右邊的人說話，會得罪左邊的人；與左邊的人搭訕，右邊的人會感到不滿。因此，他與這邊人說完話，接著就得回頭徵詢另一邊人的意見，看他那個忙碌的樣子，還真令人憐。

三人沙發椅，三個人坐，嫌擠，一個人坐，又顯得孤單。所以，我家絕不允許有這種三人沙發椅。曾經有過，但我實在忍受不了那種時擠時孤獨的痛苦，而故意加速地將它毀壞以後，就再也沒有那種東西了。

在中國傳統的家具中，好像未見有此類雙人沙發椅的設計。其實它有，只是形式不同而已。記得先祖父母，請畫師到家為他們畫像，一人坐在一張雕花的方椅子上，兩椅的中間，放著一張茶几，將它們連接在一起。他們的手附，隨時可以在茶几上接觸，做出很親密的動作。我的先祖父母就是坐在這種中國傳統的雙人「沙發椅」上，完成他們的畫像的。

看阿信，寫出我們自己的阿信

《中副》文化風信專欄，報導「中視」百萬元徵文活動，我用了個「看阿信，寫阿信，寫出我們自己的阿信」的標題。我對這個標題頗感得意，它不是什麼美文美句，或有高遠的意境，但它正是我每天看完「阿信」之後想要說的一句話。

一部百年的中國近代史，就是一部百年的中國人的苦難史。在我們的記憶中，有太多的「阿信」，在我們生活的周遭，亦有太多的「阿信」，只是我們疏於注意，將一些足以寫出一個時代，演出一臺又一臺的撼天動地的中國人的悲劇的題材，任其荒蕪在我們的記憶之中。如何使這些題材「出土」，使更多我們自己的「阿信」進入我們的生活，和我們下一代的中國人說話，這便是文學家和戲劇家們的責任了。

基於這樣一個理念，我來「中副」之後，便推出「我們走過的路」、「我與臺灣同步成長」等專欄，前者是報導老一輩的「篳路藍縷」的歲月，後者則描寫中年一代從窮困到繁華所經歷過來的種種感人事蹟。寫男的「阿信」，也寫女的「阿信」，當這些「阿信」一個個在《中副》出現的時候，大家都為他們的事蹟喝采、致敬。《中副》在六年之中，連續四屆獲得「最佳副刊編輯」金鼎獎，我想這些「中國的阿信」的事蹟幫了我很大的忙，因為它們的內容適合每一個年齡層讀者閱讀，使副刊的影響力發揮到極致。譬如現任國民黨秘書長許水德童年時，每天凌晨三時揉著惺忪的睡眼，尾隨父親的豆花車沿街叫賣，然後再匆匆挾著一方藍布包的小書包，以競賽場百米衝刺的速度，準時跑進課堂上課，而且成績始終維持前茅。又如現任考試院長邱創煥，他出身佃農，年輕時家裡窮得必須靠替人洗茅坑賺取肥料，才能將田裡的稻穀養活。他們的故事，是與他們同時代的臺灣青年的生活寫照，大家似乎都是這樣苦過來的。

在我們家是我先發現「阿信」。因工作關係，我和內子每天一起相處最長的一段時間，是從晚上十時半到十二時，而唯一一起的生活內容是看電視。老實說，工作了一天，此時若再做任何嚴肅的事，實在太殘忍了一點，所以我們選擇看電視。今年素貞接下一部一百餘萬字的書要寫，預定兩年內完工，所以近來就連那麼一點點相聚的時間也被剝奪了。「阿信」

原在每週五深夜播出，我看了幾集之後告訴她，「阿信」的故事很感人，幾個主要演員也很入戲，很值得一看。加上素貞自己小時候也是背上揹著一個小妹，手裡牽著一個小弟唸書，十來歲大就得提水洗衣，由於提的東西重量超過她的手勁，以致影響她的手指的發育，她現在的手指比一般人要粗得多，所以她很快就喜歡上「阿信」。「阿信」改在每天八點檔播出，我們便將它錄下來欣賞，因此現在每週從週一到週五晚上十時卅分到十一時半，在我們家是「阿信的時間」。

最出我意料之外的是，一向排斥連續劇的小兒公彥也對「阿信」十分著迷，他現在澎湖服大專兵役，在學校唸的是化學，對文學和藝術，止於日常生活我與他母親的談論。一日他休假回家，看見我們在看「阿信」，馬上丟過來一句話，「阿信是十項全能，沒有事能難倒她。作者不是寫阿信這個人，而是在塑造日本婦女的美德。」小兒的批評倒接近中肯。由此可見，阿信的魅力在臺灣年輕人中，已發生極大的影響力。

「阿信」的故事，有部分也可以在我的老岳母身上找到。我常聽素貞說，她們家是大家族，分家之前，全由她祖母當家作主，五六十年前，一般家庭都要在年節時才能嚐到雞鴨，平常有魚肉已經很不錯了，但又得男人優先享用。岳母說過一件「魚頭風波」：做童養媳的小姑回來，和嫂子們吃飯時，開了菜櫥拿出一隻吃剩的魚頭來配菜，立刻使得整桌的「查某人」被婆婆痛罵了一頓。素貞弟妹七人，她母親生產時，據說沒一次是可以在房子裡坐完月子才出來工作的。所以她看阿信，就等於看她自己，看與她同時代的臺灣婦女的生活。

　素貞生長在新竹市，對農家事不甚了解，看到「阿信」一家全家人終年勞苦仍不得溫飽，吃口白米飯也成為劇情中的特寫鏡頭，就語帶嘆息的問：「你是佃農的孩子，中國佃農生活也是這樣嗎？」我十分肯定的說：「早期農民，絕大多數佃農和阿信家一樣的苦。」我自己家是佃農，我外祖父家卻是村裡首富。我三歲失怙就寄養在外祖父家。兩個家庭強烈的對比是，父親要到我外祖父家才能吃到純白米飯，在家則都是蕃薯簽和飯，有時蕃薯多得只見蕃薯不見飯。小時候最怕這種飯了，所以在外祖父家十年，我只回自己家三次。我剛說過，我外祖父家是全村首富，每次秋收時有件事我始終不解，為什麼工人們總是將穀子一擔擔的往外祖父家挑，佃農們自己卻只分到一點點。在我小小的心靈中感到十分不平。我十歲時，適外祖父生病，依我們家的習俗，男孩子十歲以後，便可以上桌子吃飯，對外便可以代表家長辦事了。所以我便代表外祖父家隨長工扛著秤往田裡分租（穀）去了。從那以後我才明白一個十分不合理的制度：所謂三七分，和四六分，即一百斤穀子地主分七或六分，辛勞一年的佃農只能分到三或四分。三七或四六的分別是依田的肥沃與否而定，良田三七分，較貧瘠的四六分。在這種極端不合理的剝削制度下，佃農為了要生存常以「犯罪」求取「補償」，譬如「偷竊」之類。這世界許多不法的行為是在很多不合理的制度下產生的。我出門前外祖父就告訴我農人會偷穀子，要我注意些。農人果真在我不注意時將稻穀一袋袋的藏進稻草堆，準備下工後摸黑挑回家。我明明知道那些稻草堆裡藏有穀子，卻裝著若無其事。如果他們不是認為我這個孩子好欺侮，一定不敢這麼做。現在回想起來仍覺得很開心。

我說了，可能不會有人相信，有天我看「阿信」，居然淚流滿面，淚水濕透了眼鏡鏡框。是阿信揹著幫傭主人的孩子站在學校課堂外，探頭望著講臺，隨著同學跟著老師唸的那一幕。小時候，我渴望讀書的心願，和阿信一樣的強烈，而遭遇亦和阿信一樣的不幸。我十三歲到臺灣，在舅父家住了一個月以後，便知道沒法子繼續學業了，內心的痛苦和絕望與日俱增。在老家說話一向一言九鼎的外祖母，此時亦已沒有能力為我的意願力爭了，祖孫倆只好默默的等待命運的安排。舅父住家附近有一所中學，因為沒有圍牆，只有鐵絲網，所以操場感覺非常大。我幾乎每天都會到它的鐵絲網外，看他們升旗、作體操。望著他們列隊進入教室之後，我頓時感到自己的失落和無助，緊緊的抓住鐵絲網，讓眼淚流乾了才抬起頭來望遠方。那時我雖然經常流淚，可是絕不哭泣，因為哭聲會讓人誤認為是爭取同情。所以那時我便告訴自己要做一個雖有淚卻無聲的人。至今仍使我想到或寫到就落淚的一次是，當我要向被安排的命運奮力掙扎時，外祖母吃力的移動著小腳，來到鐵絲網邊和我一起哭泣，一起流淚。

當她抓起外衣，從她緊身的小背心口袋裡摸出二十元新臺幣塞進我的口袋時說了一句：「這是外婆所有的了！」我沒有法子控制自己不抽搐地大聲哭叫起來。「阿信」的片頭歌裡有句「感恩的心」，隨著歌聲第一個出現在我腦海的映像，就是外祖母。她的慈祥，她的無私和不求回報的愛，我也常常會把她和劇中加賀米行的老太太疊合在一起。

「看阿信，寫阿信」，標題中的這個「寫」字，有像小學生學寫字描紅模仿的意思。阿信的那種無怨無悔我們也許學不到，但我們至少可以學會忍耐。前不久在「大陸尋奇」節目中看到雪蓮，阿信就像綻開在冰雪裡的雪蓮。在武俠小說中雪蓮是救命的藥，阿信在此時此地播出，收視率又是第一，其意義是值得肯定的。

太冒失的一巴掌

——也談《女友啞笑》

《新約全書》上有這樣一段記載：

文士和法利賽人，帶著一個行淫時被拿的婦人來，叫她站在當中。就對耶穌說，夫子，這婦人是正行淫之時被拿的。摩西在律法上吩咐我們，把這樣的婦人用石頭打死，你說該把她怎麼樣呢。他們說這話，乃試探耶穌，要得著告他的把柄。耶穌卻彎著腰用指頭在地上畫字。他們還是不住的問他，耶穌就直起腰來，對他們說，你們中間誰是沒有罪的，誰就可以先拿石頭打她。（《約翰福音》八章三～七節）

讀五月七日淡水河的《女友啞笑》，我不禁想起這一段話。

小說的故事，是寫一位大學生參加戶口普查，發現許多奇特的名字，「啞笑」是其中之一。在預查時，她不在家，身分證也沒有放在家裏。正式檢查那天，他就特別加以留意。但「啞笑」仍然不在家，只將身分證留在家接受普查人員檢查。身分證上「啞笑」秀麗的照片，留給他深刻的印象，不久便在一次同學女友生日的舞會上，因猜「啞笑」的名字得勝，而成為她的舞伴，從而墜入情網。後來，在一個偶然的機會裏，發現自己的女友，竟是一個陪人出入旅館的應召女郎。而打了她一記耳光，小說到此結束。

文中寫得傳神的一段是：「戶口普查是件很辛苦，但又很有趣的事。有些人的名字太『那個』了，什麼『王大頭』、『劉鳥毛』、『錢大方』……等的。真叫人噴飯，最後，他有個結論，名字與外表成正比，名字難聽的，其人長相大抵庸俗；名字好聽的，外表看起來就舒服順眼，那些叫什麼財，什麼寶的，臉上不是眼睛就是鼻子長得像個銅板。」

為什麼會這樣呢，這跟受教育有關係。教育本來就是個美化人氣質的東西。

而「啞笑」卻是個例外，名字雖然粗俗得可以，可是人卻十分的標致。比較之下，印象也就特別的難以忘記了。

在戶口普查預查時，啞笑未將身分證留在家，她媽媽竟記不得自己女兒的出生年月日，因此，「他只好把她那欄空白著。」這裏作者可能有兩個影射：第一是啞笑的母親，可能也曾是應召女郎，而生下了不知父親是誰的「啞笑」，當時並不重視，所以也就不記得她的出生的年月日；第二是「啞笑」可能是領養的。

「在回宿舍的路上，他思索著」啞笑身分證上記載的：「臺灣桃園，高中畢業，四十九年四月四日，家管……。高中畢業只當個家管。」高中畢業該做什麼，試問。大學畢業找不到工作的不多的是。更何況她剛滿二十歲不久，既無社會經驗，學歷又不高，這樣的人最難找事。據統計，這種人的失業率也最高。作者的用意，我們不難想像：她的家庭並不富裕，實在不應該耽在家裏當家管。可是，找不到適當的工作，只好去賣身當妓女。先做好一個伏筆，以便和後面的文章能夠呼應。

作者還特別強調，啞笑是「高中畢業」，即認為高中畢業不當如此下賤。這是一廂情願的想法。前一陣子不是有報導，說某國立大學畢業的女生做應召站老板，旗下一大群都是程度很不錯的女郎嗎！人要下賤，絕不是一張文憑能救得了的。

啞笑的男友阿青有天意外的在一家旅社附近撞見她陪一位男客進旅館，他即在附近守候，不多久，只見啞笑一人出來，他便上前攔住她問：「妳……三百六十行，妳為什麼要幹這一行。」她回答說，「這也是三百六十行中的一行。」阿青的意思顯然是說，三百六十行中，那一行妳不好幹，偏偏要跑到三百六十行以外去，幹起妓女來了。女的告訴對方，妓女也是其中的一行。雖然這一行行業很低賤，但並不能據此推論做妓女的人格的低賤，那麼阿青的出手摑她耳光，只表示他擁有自以為是的優越感罷了。何況啞笑回答阿青的問話「那妳為啥還要假惺惺的跟我來往？」她說：「好玩嘛！跟大學生交往也是很體面的事。」似乎是在「玩他」，大大的傷害了他的自尊。

其實歷史上文學上有很多妓女的形象，在後人或者在讀者的心目中都不像在阿青心目中的。像李師師，像莫泊桑筆下的「脂肪球」，小仲馬筆下的「茶花女」，連帝王都偷偷的去會她哩。跟大學生交朋友又有何不可？

質諸阿青，不會覺得自己那一巴掌打得太冒失嗎？

漫談編輯副刊

記得《聯合報》副刊曾經出過「假若我是聯副主編」這樣的一個題目要讀者做文章。結果如何我沒有問。而我自己，對於如何擘畫一份適合大多數人閱讀，同時自己工作起來也覺得十分愉快的副刊，我的意見似乎比誰都多。當然，多並不表示正確，可是說出來給大家聽聽，總歸有參考價值吧。有一點卻必須首先聲明，即我說的副刊是泛指報紙的副刊，跟我現在工作的聯副沒有關係。文裡如有特定的對象時，我會特別指出報紙的名稱。

幾年前，已記不得在什麼刊物中見過一篇文章，題目是「寧為編輯匠」。題目很聳動，因此印象深刻。但內容沒有看，不敢參加討論。不過望題生義，文內談的無非是以做一個編輯匠為滿足之類。作為一個新聞編輯的工作者，因為礙於現實編採制度，每天面對一大堆連錯字都被改好了的稿件，為了生活，又不能不做，他不「寧為編輯匠」怎麼辦！可是這對一個對大眾傳播事業抱有高遠理想和熱忱的人來說，長此以往，因理想的逐漸消失而失望的心情是值得同情的。據我所知，現任《聯合報》編輯組主任張逸東、副主任賴清松兩兄，對新聞的編輯工作就曾充滿著憧憬，可是目前的情況能讓編輯有發揮機會的實在非常有限。但是新聞以外的「副刊」編輯，就不能以做一個編輯匠為滿足了。因為它的活動天地廣闊，對編輯者能力挑戰性強。我此處所說的「副刊」是廣義的，凡新聞以外的版面全包括在內。

「匠」的反面是創新。因此我認為編副刊有項基本觀念，就是視副刊為一種藝術品，副刊編輯是這藝術品的工作者，那麼對他的工作的要求，就可以像詩人寫詩，戲劇家寫戲劇，畫家繪畫，而必須不斷的創新，才能提升個人和藝術品的成就了。作家或藝術家，最怕的就是定型，作品定了型的作家，等於被宣告死刑。這便是每個有成就的作家，還要不斷的自我要求突破的緣故了。編副刊亦未嘗不是如此，死抱一種風格十年二十年不放，編的人也許仍然樂此不倦，可是讀者早已把你遺棄了。作家的風格以五年為一期，副刊的風格我以為應該更短，一二年就應該有一次大的蛻變。你以為不可能嗎？我認為絕對可以辦得到。就以《聯合報》副刊為例，因為它的力量已經大得對未來文化的發展居於主導的地位，要做應該做的事實在太多。靠一二個人的智慧也許不夠，我們可以組織一個智囊團，策定計畫之後，像海浪般的一波接一波的推動開來。風格是很容易定型的，也是很不容易突破的。需要有高度的自覺和不畏懼困難的精神，才能衝出現有的界限。關於風格，在文學上，是指作家的思想和觀點，以及題材和語言的運用。在副刊，則是指刊登的文章和版面設計等等。風格的形成，也就是習慣的形成。習慣是創新的大敵，要創新、就非革除習慣不可。這是我的文學觀，也是我對編副刊的基本看法。

編副刊固然要和文學創作一樣，宜不斷的求新求變。但有一點卻完全相反：那就是在文學作品裡個性是愈強烈愈好，無個性即不成文學；但在副刊裡，編者的個性卻是愈少愈好。編輯者個人的喜惡，是編副刊的大忌，應力求避免。因為編副刊不像寫文章，不是在發表你自己；它也不像是編文學刊物，只止於少數喜歡文學的人看。副刊是屬於大眾讀物，就以《聯合報》副刊為例吧，我們家四口，四個人都愛看《聯副》，《聯合報》是銷售百萬份以上的報紙，平均一份報四個人看，少說也有四百萬以上的人看《聯副》。我們要讓四百萬人統統滿意，自然是不可能的事，但編輯者如能時時以四百萬人為念，自然便可以減少個人的喜惡，做到為多數讀者所喜歡的了。這跟降低水準，遷就讀者的說法不一樣。而是對讀者的關心，在關心的前提下，同樣可以設計出十分有可讀性，同時又不失提升民眾生活文化層次的文章。

關於這點，我的思考，又可以從文學的層次裡獲得解答。我還沒有離開民生報的時候，總編輯陳亞敏先生曾要我為副刊的興革出些主意。《民生報》副刊在薛興國兄的主持之下，近年已有相當的進境，沒有我置喙的必要。但我私下還是對興國兄提過一項建議，我希望他能將言情小說列為該刊的重要內容之一，我相信對該報的推廣發行，會產生前所未有的效果。因為該報的讀者是以青年學生和家庭主婦佔大多數。言情小說是屬於俗文學的一種，上乘的言情小說，如張恨水的作品，在文學史上同樣有它獨特的地位。在美國以研究張恨水作品撰寫博士論文的人已比比皆是。我是希望《民生報》能刊登和發掘這樣的作品，當然，這類作品也不是要有就有的，需要經過相當長時間的提倡和培養，才可能出現第二個張恨水。因此，我覺得民生報如肯作這方面的努力，對該報內容的充實固然幫助很大，對文學和文化未嘗不是一項大的貢獻。一般人談文學，只要牽涉到「愛情」兩字，就會皺起眉頭，對作品的價值大打折扣，這是多麼錯誤的觀念。在歷代文學中，無論詩、小說或戲劇，百分之九十以上幾乎全是描寫愛情。因為它的「普遍性」大於一切，因為文學要永恆，就必須先把握題材的普遍性。這點跟副刊的性質是一致的，副刊要好，要有影響力，普遍性是先決條件。普遍性並不是什麼壞事呀。

順便一提的是，當《聯合報》副刊為了配合發行，幫助促銷，推出「週末版」時，立刻觸發我對《民生報》副刊的一個感想：我認為《民生報》副刊每天都應該是週末版。但那時我還在該報服務，以不表示意見為宜，所以便沒有做任何反映。我甚至認為水準還可以再低一些，做到大二以下，高中程度讀者喜歡讀就足夠了。因為這個程度的讀者，是臺灣人口中的多數，是所有報紙都希望爭取的對象。

其次是在形式上同樣不離文學的範疇，而實質上卻能使副刊達到深入群眾的效果。這是技術性的運用。我到聯副後，就曾向瘂弦先生提出一個建議，由聯副策畫一次散文大展。當時我並沒有告訴他我內心的想法。我的目的就是希望《聯副》能透過文學形式的運用，擴大作家參與，增加《聯副》的活力。因為在所有文學的類型中，以散文最能兼顧社會性和多樣性。我們可以請文學家寫抒情散文，請學者寫淺顯的說理散文，也可以請政治人物、社會名流寫傳記性和時論性的散文。同時散文是最能藏拙的，不像詩，一字一句安排得不好就無法卒讀。因此，鼓勵性的刊登幾篇青年人的作品，對副刊亦不致構成傷害。但是我們的目的達到了，副刊的活力隨之出現。例如瘂弦先生將我的建議分為二：「散文果盤」專欄和「公開」專欄。當林洋港和劉秀嫚等的作品在《聯副》「公開」專欄發表後，各雜誌和電臺紛紛轉載和播出，是一般嚴肅性的文學所不容易見到的。

以上的陳述，也許還是過分籠統，對於如何編輯一份為現代社會大多數人閱讀的副刊，缺乏清晰的輪廓。下面我想再不厭其煩的根據上面的觀念，勾勒出幾項比較具體的看法：

一、拋開傳統的包袱。傳統的純文學副刊，絕對是死路一條，不僅今天不能走，以後亦很難再走得通。我是個從事文學創作的人，站在個人對文學愛好的立場，當然希望報紙副刊永遠維持高水準的文學刊物的形態。但是事實上已經不可能。四五十年前孫伏園、徐志摩他們編的副刊，現在看也許仍然是一份非常有份量的文學刊物，但是已經不是最好的報紙副刊了。那時候的教育不普及，報紙的讀者只是少數的知識分子和士大夫階級。副刊文章也只要滿足這小撮人就行了。他們全是有閒階級，而且所謂知識分子，多半是關於文史哲方面的知識，所以文藝性的副刊正是對他們的胃口。而現代報業幾乎已是全民化。根據三月十三日當時的新聞局長宋楚瑜在立法院答詢報告，臺灣地區平均每五人有一份報紙。又以現代家庭一家四口來平均，百分之九十的家庭已擁有一份報紙了。可是喜歡文藝的人口，畢竟是少數，我指的是嚴肅的純文學作品。所以今天的報紙副刊編輯，在心態上仍不能面對廣大的大眾，審理稿件時非文學不視，非文學不刊，便不是一位好的副刊編輯了。

但是聯合報系除了擁有五份影響力廣大的報紙以外，還有多種不同類型的期刊和出版公司，對國家文化的宏揚顯有一肩挑的雄心與抱負。但唯獨缺一本高水準的文學刊物。文學是少數人的事業，文學刊物也必定是賠錢貨。但是一個詩句可以傳誦千古，一部《紅樓夢》可以使全中國人感到驕傲，一冊薄薄的《愛彌兒》可以使千年的王國毀於一旦，三十多年前大陸的淪陷，也與當時那些搞黨政宣傳的昧於對文學的無知關係密切。因此，我主張副刊不宜再走純文學的老路，是基於我對報業發展的認知。至於文學對社會民眾生活思想取向影響的重要性，豈是能疏忽的。因此，我建議董事長王惕吾先生創辦一份大型的文學刊物。這份刊物如果辦成功了，它將是影響中國文學長遠發展的千秋事業，即使一年賠一百兩百萬，也是值得的，董事長！

二、副刊不走純文學的路，那麼走什麼路呢？答案是：走雜誌的路。其內容應當是知識的、文學的、生活的、社會的；甚至也可以是婦女的和兒童的。我最不願聽到，但是卻常常聽到的一句話是：「這個題材不適合副刊」。我的看法恰恰相反，我認為任何題材都適合副刊。問題在於副刊編輯肯不肯動腦筋，懂不懂得製作。

一位傑出的藝術家，可以將一方廢木，一塊無靈性的石頭雕塑成藝術品，副刊編輯亦應有這個本事，把副刊活用起來。記得我主編《臺灣時報》副刊時，做過很多不同性質的專題，例如「新北投滄桑史」、「臺灣早期的西醫」，就嚴肅性而言，是兩個截然不同的題材，一個是屬於社會性，一個是屬於學術性。但是我卻都將它們做得十分有可讀性，刊出之後頗獲各界好評。什麼原因呢，執筆的作者很重要，前者我是找淡江文理學院一位副教授來寫，他本人雖然是一位曾經留學美國的學人，而他母親卻在北投經營旅館業有年。那位副教授不僅因此對那兒的事瞭若指掌，同時對社會問題一向極為關心，所以寫來也就更加的得心應手了。後者的稿子是請一位年輕的醫師提供，他就是大家熟悉的青年小說家李捷金，他文筆好，做事踏實認真，沒有一般年輕人那種浮躁和不必要的傲氣，因此他的作品亦如其人，非常具有親和力而有可讀性。

三、爭取主動，避免被動。到目前為止，仍然有許多副刊是抱持來什麼稿刊什麼稿的態度，三十年如一日，不管其他報紙副刊如何求新求變，始終影響不到他們，有時我不免佩服他們的定力。如何才能做到主動呢？採取計畫編輯！在計畫編輯下，你就非動起來不可了。過去有人批評某報主編說，他要的稿子，說什麼他也要設法將它拿到手；而你如有稿子去求他刊登，便沒有那麼容易了。這話也許只說對了六分，有好的稿子拿給他，除非他不是一個好的編輯，不然應該是會接受的。而就我個人的做事精神而言，我絕對贊成他這種作法。記得我編《臺灣時報》副刊時，也有人批評我心目中再沒有朋友了，因為我極少張口向朋友邀稿。其實我是個非常念舊的人，怎可能一編副刊就將老朋友甩得遠遠的呢！只是我採取的是計畫編輯，朋友中絕大多數是搞文學的，因此麻煩他們的機會便不多了。不過他們畢竟是有知識良心的人，他們內心雖然對你滿腹怨尤，而只要你編的副刊的確不錯，他們還是會以欣賞的心情，來肯定你的成就和能力的。我看過太多這樣的例子，發生在我自己身上的亦不勝枚舉。

四、將邀稿的觸角伸向每一個角落。現在各報副刊每天總是以同樣的面貌與讀者見面，為什麼會有這種結果呢？主要是主其事者對自己的工作要求不夠嚴苛的緣故。如何才能突破現有的格局呢？只有一個辦法，那就是趕緊將邀稿的層面擴大，再不能以現有的周遭的朋友，以及大家所熟悉的人的作品為滿足。記得我編《臺灣時報》副刊時，我曾請了五位中研院都擁有博士、碩士學位的研究員替我寫一個「街談巷議」的專欄。事前我們彼此全不認識，事後我們也只是喝過幾次咖啡而已，因為我沒有經費可以請他們吃飯。那個專欄談的全是對現實生活的評析，因此很受讀者歡迎。我臨時想到，假若我是《民生報》副刊主編，我會邀請沈春華開一個「紅娘專欄」，我會請楊麗花口述她的傳奇。又，假若我是《聯合報》副刊主編，我會去力邀中研院院長吳大猷博士開一個「南港談瑣」之類的專欄，我也會到清華大學尋找一兩位科學教授來談武俠、寫武俠，據說那裡有好幾位教授對武俠頗有一試的興趣。我的建議只是供兩報副刊主編友誼的一笑，希望不要介意。

以上四項只是犖犖舉其大者，但如能把握住大的原則，小的細節就可以視實際的需要而隨時修正了。

我們常聽到一句話是，編副刊最重要的是能拉到最好的稿子。這句話對別人而言，也許已經夠了，對我則還有加強的必要。我認為編刊物除了能拉到最好的稿子之外，更重要的是能拉到我們最需要的稿子。以《聯合報》這樣一份廣受歡迎和重視的報紙，要邀到超水準的稿子，當然不是很困難的事。但是要邀到我們所需要的稿子，便需要依靠編輯個人的智慧，和鍥而不舍的工夫了。所謂的好稿子，就文學而言，它是好稿子，就學術而言，它是好稿子，可是就副刊而言，它卻成為「壞」稿子了。像這樣的例子太多太多，無須筆者再舉證。

我個人認為，就是作為一個文學刊物的編者，也同樣應該有所揚棄，不然就編不出自己理想的刊物。記得十多年前，臺大外文系三博士，朱立民、顏元叔和胡耀恆——那時該系有博士學位的只有他們三位，籌辦《中外文學》時，我經常參加他們的會議，並提供不少個人對辦刊物的意見。記得其中有一項是，希望他們能藉這份刊物的創辦，發揮批評的力量，消除當時文壇的靡靡之音，提倡剛健有力的文學；那些詩非詩，散文非散文的作品，除了一大堆形容詞，別無他物的東西，更是有礙偉大文學的產生，和影響青年人對文學的正確認識，不僅是該刊今後不應該刊登，同時應該著文貶謫。我的看法與他們三位的看法完全一致。因此，這類可以歸屬到中學生文學的無病呻吟的作品，在該刊的影響下，終於在過去的十年中，漸漸的在文壇中消失了。

《現代詩》接棒有人

《現代詩》又要出發了。它那年輕有力、充滿自信的腳步聲，我似乎已聽見它款款的往前走去。我們將寄予最深的祝福，願它為啟開中國新的現代詩史頁，而奮鬥匪懈。

《現代詩》於六年前復刊時，曾有人對復刊事提出質疑。認為當年以紀弦為首的「現代派」，既然已經不存在了，《現代詩》就沒有再復刊的必要。但是《現代詩》刊與「現代派」並無任何因果關係，這點，比我先進入詩壇的人，比我先接觸到《現代詩》的人，想必比我還清楚。紀弦創辦《現代詩》，絕不是為了要藉機結合「同志」，組織「現代派」，是可以肯定的。至少在組派之前，刊登在《現代詩》中的文字，我們找不到任何跡象顯示。同時，《現代詩》的作者，亦不等於「現代派」成員，加盟與否，悉聽尊便。而應邀參加「現代派」的詩人，無不是礙於紀弦個人的情面。記得我收到紀弦先生的邀請函時，曾與同一部隊服役的詩人劉布商議多次。劉布是位非常用功的詩人，也很有才華，可惜因為感情受挫折，而放棄了創作。起初我們決定不參加，並擬妥一封聯名信，以軍人不能加入民間組織為由，婉謝他的好意。後來，我們還是偷偷寄出同意函，實在是有感於紀弦平素對我們鼓勵有加，不好意思拒絕。

一份刊物的停刊和復刊，原本是件很平常的事。何以《現代詩》的復刊，會引起大家這樣大的重視，時至今日，仍然閒話不斷？我想不外乎，第一、《現代詩》曾經是貢獻最多，影響力最大的一份詩刊；第二、臺灣的重要詩人，他們的成長，大多數和這份刊物的發展，具有歷史性的關連。第三、它雖然已經停刊有年，但全國詩壇，無分敵友，無分長幼，都對它懷有一份感激之情。因為沒有它，臺灣絕不可能於短短幾年工夫，就出現足以影響未來數十年，乃至數百年中國現代詩發展的成果。此應屬持平之論。而我們復刊《現代詩》，也正是基於這一份比其他人也許更深一層的情感。

當時，我們有三個腹案，復刊《現代詩》，復刊《南北笛》，和創辦一份新的詩刊。《南北笛》是《現代詩》的姊妹刊物，由羊令野主編，嘉義《商工日報》副刊提供園地，每兩週一次，深獲詩壇好評。以後又曾發行雙月刊，由羅行主編。《現代詩》社的人，寫詩雖然全是高手，但對籌辦詩刊，卻並不積極，一拖又是好幾年。直到女詩人林泠回國，經與她數度討論，才算塵埃落定，決定復刊《現代詩》。並分配工作，由羅行去函徵求紀弦同意，海外詩人稿件由林泠負責，國內則寄到我家。編委人選不限定過去「現代派」成員，因而有《創世紀》的瘂弦和青年詩人陳克華等的加入。

我們這一群人的作品，大概已不愁沒有地方發表。再說中年以後，忙於俗務，作品的數量也不如年少時候多了。可是，我們仍然要和三十多年，乃至六十多年前的人一樣，要自掏腰包出版詩刊，所為何來？我的理由只有一個：現在各報副刊雖然已開放刊登詩作，但要中國的現代詩出現一個全新的局面，除了詩刊，其他刊物，由於主客觀的條件不允許，恐怕很難有所貢獻。客觀條件是指刊物的性質，主觀條件是指編輯的能力。不信，請先聽一下現任《聯合報》副刊主編瘂弦的一段話。不久前，陳克華、零雨聯袂到《聯合報》編輯部向瘂弦約稿。第二天傍晚，瘂弦下班，我們一道下電梯時，瘂弦說：「零雨的詩還真好，但是是詩刊的詩，是文學刊物的詩，不適合副刊發表，副刊是另一種東西。」那麼最受副刊歡迎的是那種「東西」呢？單就文學作品而言，當然是言情小說，以及風花雪月的散文；對詩作的基本要求是，必須予讀者知識習慣上的可懂性。可是有誰真正了解，它可能就是扼殺新藝術誕生的劊子手？

林泠寫信向某詩人編輯推薦零雨的作品時，怕對方無法欣賞到它的妙處，因此特別提醒他說：欣賞零雨的作品，不能用我們的老方法。林泠的話，很值得每位副刊和文學刊物的編輯深思。我常與《聯合文學》的年輕同事說，文學刊物的編輯必須具備過人的鑑賞力，任何新風格、新技巧的好作品，都逃不過他的法眼。零雨出現於詩壇，帶給詩壇新的氣象，是《現代詩》復刊的成果之一。《聯合文學》曾邀請一批作家觀賞「南園」的建築，當洛夫得悉走在他前面，一位默默欣賞周遭風光的人，就是詩人零雨時，竟脫口說了一句：「她就是零雨啊，詩寫得這樣好。」忝為一位詩刊的編輯，我感到無限的安慰。

十月廿日下午，當我收到商禽刊登於本期《現代詩》上那首《電鎖》時，我的思想頓時跌回卅多年前，被視為是臺灣現代詩春秋鼎盛時期的舊日時光裡。那時候，我們都非常年輕，可以說全是一群大孩子、娃娃兵和一群高中學生。我認識白萩是在他唸高二的時候，兩人身無分文，只好在臺中火車站候車室木板凳上枯坐兩個小時的景象，又在眼前油然而生；黃荷生那本至今仍被認為是臺灣現代詩中最具原創精神的詩集《觸覺生活》，全是在他唸高一、高二時寫的；商禽在陽明山憲兵隊看守所站衛兵完成的那首傑作《長頸鹿》，多少年來備受讀者的喜愛與激賞，使得當兵的生活的窮苦和難熬，所有的不幸遭遇，都煙消雲散了。那時候詩壇的年輕人，最大的特色是，只顧寫詩，只顧如何將詩寫好，沒有人想到詩是可以追逐名、追逐利的。所以，我們的詩都在詩刊發表；鄭愁予一度堅持不在詩刊以外的刊物發表詩，及不寫散文。散文至今仍是聞達於文壇的最佳利器，但他還是不寫。八十年代以前的好詩，也只有在詩刊中才能找得到。現在我們要再度高聲疾呼，讓詩回到詩刊裡來。商禽將他近年寫的最好的一首詩《電鎖》交給本刊發表，顯然有心響應我們的口號「讓詩回到詩刊裡來」，對我具有很大的鼓勵作用。因為以他目前的名氣，任何報刊都會接受他的詩，多少還有幾文可拿。同時，在現今已不易見到的，他這種淡薄名利的作風，也再次使我重溫一個不可能再現的、每一個過去和未來都放射著希望的時光。

《現代詩》的門戶是開放的，但它基本上是一份同仁刊物。自《新青年》開始，同仁刊物於新文學運動中，一直扮演著主導的角色。在未來的歲月中，我們堅信它仍然如此。同仁刊物等於是科學家的實驗室，現有的理論和主張，對實驗室裡的人沒有約束力。相反的，實驗室裡的人，目的在找出新理論推翻舊理論，創造出比現在更完美的成品；亦如同「樣品」，讓大家去仿效、推廣。於文壇，便引發出一個新的文學運動。《現代詩》於過去的臺灣現代詩運動中，它的貢獻，有目共睹。今後，我期望它能承傳過去，充分發揮同仁刊物的特色，再創中國現代詩新天地而不負眾望。

《現代詩》的復刊，是六年前，林泠回國而促成的。現在《現代詩》的再出發，也是由於他去年夏天再度回國，才決定的。因為我實在太忙，無法繼續兼顧《現代詩》的編務，有負朋友的重託。陳克華和零雨兩位年輕詩人，因為他們才華出眾、對文學充滿熱忱和理想，所以，我們決定將《現代詩》託付給他們，由他們接下這一棒。請大家一起來幫助他們。

《創世紀》四十年

連接洛夫兩函，第一封信是說為慶祝《創世紀》詩刊創刊四十週年，該刊將出版《創世紀四十年詩選》，希望我能共襄盛舉，寄作品參加。洛夫在催稿的電話中還說，我也曾是「創世紀」的一員，是無法否認的，因此要我務必參加。

第二封信，是為《創世紀》將出版創刊第一百期專號索稿。他在信末特別附了一句：「務請代表『現代詩』惠賜大作」。

今年詩人節，《中副》出刊「另一半是詩人」專輯，邀請詩人太太撰文談談她們的詩人丈夫。其中有洛夫太太瓊芳的一篇文章，說洛夫的情書寫得像詩一樣好，一樣的感人。好的情書和好的詩，要感人，必須情感誠懇，而不是花言巧語。所以在洛夫的誠懇邀約下，相信詩壇碩彥都會撰文支持此一詩界盛事。

不過首先我要聲明的是，我不能代表《現代詩》社寫這篇文章，因為《現代詩》刊濟濟多士，個個都是代表性人物；《現代詩》又是臺灣歷史最久的詩刊，影響力歷久不衰，「大老」眾多，在諸多資深前輩前，我不敢言「代表」。再說，我與創世紀諸君子，一向情感甚篤，在詩創作這條路上，長年彼此鼓勵有嘉，現在雖分屬兩個不同詩刊，但我們為現代詩打拼的精神是一致的。回顧於劣等米酒和花生米之間，不知為什麼拌嘴，但卻在我們的友誼基礎上又多了一層鞏固的泥漿的歲月，我們仍是一群分不開、拆不散的朋友。所以我願以朋友身份站到大家的行列裡來，一起慶祝《創世紀》的四十年。

去年，《現代詩》刊慶祝創刊四十年、暨臺灣現代詩發展四十年慶的時候，我曾談到，臺灣的現代詩運動是由《現代詩》所提倡、所推動、所發皇的，這是誰也無法抹殺的歷史事實，無須我來替它辯護。但是如果沒有「創世紀」的接力，並及時壯大，持續於現代主義的追求，臺灣的現代詩運動將出現嚴重的斷層，甚至回歸到「新月」以前亦未可知。因為那時報章雜誌上正出現大量的「方塊」形式的詩，輿論界又出現反現代主義的浪潮。

《創世紀》是在紀弦宣告《現代詩》停刊之後，一夜之間壯大的。我所謂「一夜之間」，是指該刊為適應詩壇的新情勢，以及塑造其新形象，進行改版，出版革新號，結果十分成功，而一批曾是「現代派」的健將的成員，也都赫然出現於該刊。這一期《創世紀》的出現，確實為詩壇帶來極大的震撼，不只版型新穎，內容豐實，最重要的是它的包容性擴大了。「現代派」的這群朋友自由色彩都非常濃，這股自由色彩隨著他們的加入，也將它帶進了《創世紀》。

《創世紀》的成功當然要歸功於三位創始人。他們在這個刊物裡，都依其特性扮演了各人無可替代的角色，像鐘鼎上的三隻腳，似乎缺一不可。張默的熱情付出，一生一世為《創世紀》，社性之強，無出其右者，誰若閒言一句《創世紀》，他馬上可以與你吹鬍子瞪眼睛。而他對其他兩位同仁維護有加，時刻不忘彰顯他們詩藝術的地位，張默的無私，令人感動。

維持詩人的純粹性，洛夫算得上是相當典型的一位。做一位純粹詩人並不容易，他必須有旺盛的企圖心，不只是靠興趣寫詩，他必須心無旁騖，將寫詩視為事業來經營，當然他必須是十分優秀的詩人，這是基本條件，否則一切的努力和作為都是徒然。一份嚴肅的文學刊物，絕不能沒有這種人，因為他的態度（文學）和作品，對凸顯刊物的嚴肅性和莊嚴性，其影響力相當明顯。

瘂弦的《深淵》等重要作品均刊登於《創世紀》，我們當然不能說《創世紀》是依靠它們打下名號，但好刊物需要好作品作號召。一位優秀的詩人作品不在多，只要作品的風格獨樹一幟，就可長久贏得讀者的懷念。瘂弦出了一冊《深淵》就不再寫詩了，其中的原因定不單純。因為他停筆時仍是那麼的年輕，而又曾是那麼狂熱的要將自己獻給繆斯，怎能說不寫就不寫了呢？其中的「謎」，的確費解。《創世紀》的「三老」，雖然均已年過六十，但要維繫這份刊物的繼續發展，還無法不繼續仰仗他們。值此四十年慶的時候，我不期盼瘂弦為我們揭開什麼「謎底」，因為那並不重要，重要的是是否可以請他再度出山重遊江湖，讓以後的研究者除了他早年的作品之外，也有晚期的作品可讀。

談過他們三人之後，想再談點《創世紀》的一般現象。《創世紀》的現象，自然也是部分詩壇的現象。因為自《現代詩》停刊直至它復刊以前的這段時間，臺灣詩壇雖然尚有《藍星》和《笠》等詩刊，但獨數《創世紀》最為活躍，又常以領導前衛自居，所以《創世紀》給詩壇的影響，在那個時期也就顯得格外的明顯了。五六十年代的臺灣現代詩，最被人詬病的有兩點：詩句語法的歐化，和意象的過份矇矓難解。臺灣的「矇矓詩」，其來已久，但洛夫的《石室之死亡》卻把它「昇華」了。《石室之死亡》是首反戰詩，在那個遍地全是碉堡，五萬發砲彈一夜工夫就將金門島的土地像地氈般的蓋在彈殼下的年代，反戰是有罪的，所以詩人只能在矇矓中反戰。曾有人批評沈甸（張拓蕪）的詩，比謎語還難猜，沈甸說這便是我們這一代現代詩的「苦難」。有些意象是不能明朗的呀，寫白了，會槍斃的。再加上洛夫常愛以超現實主義理論解讀自己作品。詩人林亨泰是對現代主義研究最透徹的一位，他認為超現實其實是比現實更現實，因此一般人無法了解「超現實」。於是在這些前輩詩人極其抽象，簡直像「禪悟」的理論，及實驗性多於建設性的作品引導下，使臺灣詩壇一度沉迷於矇矓詩的追求，迷失了許多文學熱忱的青年。我覺得這對臺灣現代詩的成熟，在時間上不免打了折扣。否則臺灣現代詩的成就，可能比現在更為可觀。當然，矇矓詩的出現，是客觀環境所造成，十來年前中國大陸出現矇矓詩熱潮，亦復如此。

《創世紀》的核心人物，除了三位創辦人，另必須加上一位葉維廉。可是一般都會將他遺漏掉。葉維廉在《創世紀》的重要性，除了創作，他還有翻譯，英翻中和中翻英，《創世紀》同仁的作品，都是透過他介紹到國外去的。臺灣的各詩刊，都十分重視譯介工作，直到現在仍是各詩刊共同的特色。最為大家懷念的是早期《現代詩》刊葉泥的翻譯，以及《創世紀》譯介西方重要詩人的個人專輯。現在年輕一代詩人外文基礎都不錯，可以直接閱讀原文。但譯介是詩教工作之一，值得繼續。

《現代詩》、《藍星》和《創世紀》，臺灣詩壇的「三元老」，都已年過四十，但尚未半百。中年是最富魅力的年齡，也是最成熟的年齡。但是中年人的步伐和年輕人的步伐是不一樣的，他們不莽撞、他們穩健而瀟脫，我常聽許多年輕貌美的少女說，這便是她們喜歡中年男子、欣賞中年男子的原因。藉此賀《創世紀》四十壽。

座談會文化

臺北的文化界，不知什麼時候開始，作興開座談會這一活動；每天早晨攤開報紙，總可以看到一兩則這一類的新聞。

這一類的新聞，我相信一般讀者很少看，因為它們缺乏新聞性；而看得最多的，是那些出席座談會的人。他們先在新聞中找自己的名字，只要自己的名字被登出來了，就安心了；然後再去找自己發言的部分，只提到一二句不過癮，最好是一句不漏的全登出來。

我還見過幾個人的剪貼簿，專門剪貼和自己有關的新聞，多數是出席各種座談會和酒會，只要有他的一個名字在裏面，他也將它剪貼起來，而且還小心翼翼地用紅筆，在一些政要聞人的名字旁邊劃上一條紅槓，表示自己能和這些人平起平坐，顯出自己的身價。剪報上註有報紙的名稱和年月日。我曾婉轉的問他們，他們各處開會，東西奔跑，那有時間作這種瑣碎的剪報工作。原來是他們將在辦公室交代工友做事的方法帶回家，讓老婆孩子替他們代勞。早晨起來，在洗手間看見報紙出來，用筆將該剪的新聞作一記號，順手交給老婆或孩子去剪貼。他們這樣做有一個好處，還可以在老婆孩子面前炫耀炫耀。有人說，人到老年，就是靠翻閱這些往日的「榮耀」過日子。如果真是這樣，那麼像我這樣平凡的人，未來的日子就慘了。

臺北的文化界流行開座談會，我雖非始作俑者，而我卻有五六年的時間，完全消磨在各種性質不同的座談會上。不是應邀出席，而是承辦、擬計劃，許多被視為是文化界空前大事的座談會，都是由我策劃的。由我或我雇請的人作的記錄，已經發表過的，少說也已有好幾百萬字。而這好幾百萬字的記錄，對我們的文化界能起多大作用呢，我很懷疑。

近年有人譏諷臺北文化界，是「座談會文化」。「座談會文化」又是怎樣的文化呢？一言以蔽之，是種十分「高級」的文化：在一間舖著高級地毯的房子裏，大夥圍著鮮花撲鼻的圓桌坐著，有美麗的小姐來回走動侍候，抽煙喝茶喝咖啡，空空洞洞的擬上一兩個問題，你一句我一言的聊上兩三小時，然後拿著一只雪白信封裝的車馬費回家。有回，是與大眾傳播有關的座談會，我邀我的一位老師出席。我的老師一向愛護我，將報社的編務會草草結束，趕來參加我們的會。但是他那種職業所養成的講求實效，不尚空談的性格，無法使他有耐性的開完會，就推門走了。我衝出門送他，他將手上的車馬費袋子遞給我說：「下回別找我了，這種會真無聊。」當時我覺得非常難堪，事後我卻更加的敬愛他，不知是為什麼。

顏元叔寫過一篇談參加座談會抽煙喝茶之樂的文章。我想換一個角度，從我當年承辦座談會之種種不為外人所知的「內幕」苦經談起。

但我得先說幾句引起我寫這篇文章的一個小小的「遭遇」；事情發生的經過是這樣的：我已長久不參加文藝界的活動，甚至好朋友的畫展聚會，帖子電話相邀，我亦尽量婉拒。大概是上個月底吧！有天下午，在西門町天橋上，遇見一位很熟，但並不很要好的朋友，他說他正開完座談會出來，還得趕去參加一個人家裏的聚會。我心想，他可真忙，就揮揮手分開了。但是，以前他曾對我說過的一句話，突然卻在我的腦海中迴盪開來：「你們的座談會邀請的人始終是那幾個。」我這位朋友是個喜歡熱鬧的人，言下之意，也應該請他參加。我承認他的詩文都很可觀，廿年來，雖無多大長進，可是比起一般出席者並不遜色。唯我不邀請他參加座談會，不是基於他對文學素養的考慮，而是我的工作單位對我的工作的要求。

開會之前，擬訂會議題綱細目並不費事，可以具體，也可以抽象，如「文化復興與大眾傳播的關係」，這類很難扯在一起的題目，勉強訂在一起來討論，同樣也可以引一大堆儒家的「忠恕」之學來說上半天。乍看還蠻有道理的。而最費周章的，是邀請出席人士的選擇。首先得先考慮對方的身份和知名度，前者比後者更為重要。知名度有時還得靠點實力，身份未必要靠實力。家族關係，同學關係，都可以使一個普通的人變得很有身份。就以舉辦文藝座談會來說吧，照道理我只要邀請到一批一流作家，我這個承辦人就很稱職了，但一流作家在我們這個社會裏，未必就是有「身份」的。因此，我得先考慮對方是不是大學教授，是不是民意代表，是不是社團負責人或刊物主編。如果是，即使對方不是作家，更不是一流作家，我可以在簽呈的公文上說他是文學教授，或某某文藝刊物的主編，因為我們的主管不會懷疑在我們的文藝界，竟有非文學作家在大學裏教文學或編文藝刊物的。

如果有天真的青年讀者問我為什麼會如此，我回答的聲音是很黯然的。論小說，黃春明的作品應該是很不錯的吧，論作詩，周夢蝶的詩該有他獨特的風格了吧！他們的文名詩名，不要說蜚聲國際，在國內只要稍涉及文學的人，相信少有不知曉者。而我也深知他們十分博學，平時論文說藝，朋友們對他們的見解都至為欽佩。如果請他們出席座談，必能使座談會的內容增色不少。可是我邀請他們，單位主管問下來，要我說明他們是作什麼的我若從實稟告：一個是曾做過便當生意，一個是在臺北街頭擺書攤。那些在官場上混了再混的人，外表的風度十足，比平常更為冷靜地摘下鼻樑上的老花眼鏡，然後上身往後一仰問：「適合嗎？」

我就得重新考慮別的人選。

反過來說，假若對方是大學教授，或是什麼民意代表，和報刊主編，即使是不入流的作家，對文學藝術的看法了無創見，文壇藝術界知道他們的寥寥無幾；而只要我在他們的名字底下，詳詳細細、清清楚楚地寫上他們響亮的頭銜，一個不夠，寫上兩個三個，反正這些人有的是頭銜。那麼，我便是一個能幹的辦事人員，我的長官會拍著我的肩膀嘉許地說：「不錯，這回邀請的人很整齊。」這說明了座談會雖多，為什麼開來開去仍是同樣那些人在聊天的原因。

我曾戲稱那些常出現於報端的人為「職業開會人」。他們那種永不厭倦、永不缺席的「敬業精神」，有時想想，也實在難得；說真格的，我們這個只重形式，不重實質的文化界，真還少不得這些人。譬如說，有回我終於說服了我上司，要多邀請幾個「職業」以外的人來參加座談。通知一週前就寄發出去了，文後並註明如不克參加，請寄回回條，以便準備餐點。到開會的前一日上午，仍不見有人寄回回條或電話，心想，大概不會有問題了。但我仍不放心，一個個電話提醒的結果是，只一位勉強答應，其他全不能來，有的竟說連通知都不知丟那裏去了。在冷氣房裏，我急得滿頭大汗，真不知如何是好。明天的會又不能不如期舉行，如不趕快設法解決，即使明天不捲舖蓋，往後的日子也就倍加難混了。天佑我要繼續吃這碗飯，散堆在角落的舊記錄，給了我靈感：找「職業開會人」。幾通電話一打，果然奏效，第二天的會議室坐無虛席，電視記者鏡頭所對的，全是服裝齊整的「職業開會人」。所以我常說，這些「職業開會人」，對我來說是一大方便。

「職業開會人」之外，還有「兼差開會人」；我這裏所說的「職業開會人」和「兼差開會人」，是站在我的工作需要的立場作分別，前者是他們的職權和社會地位，以及「敬業精神」，使他們成為「職業開會人」；後者，在我們的工作上是可有可無的人物，比如機關行號裏的退休兼差人員，看在過去的舊交情，或者有力人士的請託，賞給一碗飯吃。這些「兼差開會人」，多半是從「職業開會人」席上退休下來的。在安排人選方面，這就牽涉到另一個必須考慮的因素了；搞清楚服務機關首長的人際關係，摸清楚直屬長官的心態動向；這是在中國社會裏作事必須首先學習的外一章，許多剛出道的年輕人，為什麼做事總是不順暢，到頭來總是傷心喪志，唉聲嘆氣，其癥結是沒有修好這一課。

我們不要認為那些退休的「兼差開會人」「不管用」了，就可以疏忽他們。他們對你，以及對你的長官的前途，也許不會發生積極性的作用，但消極性的「破壞」作用，一不小心，即可能如埋伏的地雷爆炸開來。其實，我說是這麼說，潛伏在我內心深處的頑抗性格，仍使我無法做到面面俱到；另一原因是，經過三十年的新陳代謝，閒在家裏等待出來「兼差」的人太多了。而且他們過去「顯赫」的「事功」，不改其「剛愎」「自負」的性格，總以自己過去的「事功」，足夠支持他們的意見是最適合匡正時弊的。因此，你若不常常請他們出來「兼差」，他們會對你們的主管表示不悅，你的主管就會怪罪你辦事不力，你的前途也就出現紅燈了。

另外，還有種開會人，我稱之為「代理開會人」，他們多半是祕書級人物，他們的任務是簽名，只要在簽到簿上簽上他們主管的名字，責任就了啦，然後是坐在一旁喝他的茶，抽他的煙，打他的盹，誰也不會去打擾他。因為他們是代理他們的首長出席，主辦機關對他都保持相當適度的尊敬；有事問他們，他們很少能肯定而負責任的作答，所以不妨讓他們坐在一旁享福，彼此省事。

「代理人」的存在，背後隱藏著幾個「政治藝術」的原因，第一是他們的主管實在太忙，分不開身。可是令人費解的，是我至少認得三位祕書，長年代理他們的主管出席。談話中，這些祕書的程度，比我想像中「紹興師爺」型的差得很遠。我常常問我自己，是不是每個機關的編制中，列有專司代理主管出席各種會議的祕書員額？不然他們怎會有那麼多的空閒，他們的程度又如何有能力替主管擬判文書、代撰講稿一類的工作。而我心中的質疑，至今仍然存在，揮之不去。第二是可能那些主管的能力太強，基本上蔑視這類座談會的存在。但礙於職務上的關係，又不得不派個人去應付應付。可是他們偶爾出席的時候，我也曾特別留意去聽他們的發言，不僅談吐平庸，對問題亦並無特殊的創見。因此，我就想到第三種原因了，由祕書出席可以一問三不知，逼得急了，至多是「我將諸位先生的意見紀錄下來，帶回去向我的上級報告參考辦理。」或者「待我回去向上級報告，請上級查查，下次會議時，再向諸位說明，答覆。」誰等他答覆，還不是說過算了，你不能說這是一種不負責任的做法，這是種絕頂聰明的做法。天底下最愉快的工作，我想莫過於這種「代理開會人」的祕書了，既可過「要人」的癮，又有車馬費的收入。

開會之前，看入座位子，我就能絲毫不差地分別出誰是官僚誰是學者。人一旦染上官僚習氣，要改，就難了；即使已經退休，但在他的生活習慣上仍然表露無遺。官僚和官僚出身的人，在入座的時候，眼睛必定是對著上位，如遲到了，上席無空位，暫時「屈居」下位，會議進行的時候，上位一「出缺」，看他迫不及待的跑上填空的樣子，實在令人「酸痛」得難受。我是因為對他們太了解了，因此，有時不免對他們生同情之心。而學者則都居下位，他們所要表現的那種傳統中國讀書人「謙卑」的美德，實在不合時宜，使我感到痛心。因為舉辦座談會的目的，是要學者專家們貢獻智慧，洞察時弊提出改進意見，其他的出席人只是配角，在此當仁不讓的時期，學者怎麼可以甘居下位呢！我多麼希望出現這樣的一位學者：

走到一位坐在靠近主席旁邊的「官僚」說：「我們的座位調換一下如何，今天是比知識、比智慧，不是比地位。」

「官僚」總是搶先跟記者打招呼、握手，意思是說，我來了，我的發言請在第二天報紙上登出來，或當天的電視上特寫我一個鏡頭。而學者則是靜靜地坐著，思考他自己的問題。記者可以走過去向他們請教，但他們不會主動地去和記者「搭訕」。

在會議進行中，有兩種現象經常可以看見，即只聽見他教訓人，而絕不聽人教訓；以及強調「和祥」的氣氛。承辦了五六年的座談會業務，未見一次是因意見不合而爭得面紅耳赤的，可見大家的看法是多麼的「一致」，多麼的「無所謂」，多麼的「不願傷和氣」！

只教訓人、不聽人教訓的人，是那種人呢？他們是場場遲到、到了即走的「要人」。朋友間常開玩笑的一句話「故作要人狀，這麼遲才到」。原來也自有它的出處。每次會議進行到快一半的時候，看他們姍姍來遲，從從容容的推門進來，又急急忙忙的繞過幾張桌子，去與主席握手「鞠躬如儀」之後，就在主席一旁的空位坐著；不待屁股坐熱，即站起來抓住麥克風說：「對不起，因為審查一個案子，遲到幾分鐘。」或者「與某部長商量一件事，遲到了。」在他們的意見中，永遠不會有知識性的建議，只有不著邊際的責備，責備是一種譁眾取寵的最好辦法，有時還能得到滿堂采。最後，跑文教的記者早已替他下結論地說（文教記者對這種人太熟悉了）：「我因為別處還有個會，不趕去不行。諸位的高見，等紀錄發表後再拜讀。」說完，表現得非常誠意的與主席握下手，就頭也不回的走了。誰知他是真忙還是假忙，但要做「要人」就得這樣做法。

座談會之後，發布新聞，是這個機關舉辦這類活動的主要目的。我最怕擬這種空洞的新聞稿。因此，我常推說，各報記者都來，記者們自己會寫。但是不成，散會後，幾位機關中大小負責人聚在一起商量好一個結論，記者們不知道。甚至第二天新聞刊出來，參加會議的人看了，會詫異地說：昨天有這樣的結論嗎，奇怪，怎麼樣想也想不起來呢！

座談會的結論，亦即本文的結論，可以不要再寫了。

「凡夫俗子」的象徵手法

「凡夫俗子」獲得今年度奧斯卡「最佳劇情」、「最佳導演」和「最佳男配角」等重要大獎，在我看過這部影片之後，它的得獎，應該是意料中的事。因為在我近年來看過的家庭劇中，它是比較有「戲」可看，看過之後，又比較有問題可想的一部影片。

表面上，它雖是屬於「家庭」劇的一類，但它的內涵卻絕不止於「母子的衝突」和「夫妻的爭執」等的普通家庭劇。我們曉得，家庭是個不同性格的組合體；事實上，它是一個小型的社會。因此，「家庭」在這部影片裏，不是單純的「家庭」，是一個偌大的社會的「縮影」。它要表現的主題，也不是止於家庭的紛爭，而是家「人」，對「人性」的衝突的刻劃。如果我們不如此觀，將無法將它提昇到應有的價值上去。

這部影片的導演手法，顯然已遠離美國電影以大場面取勝的趨勢，而傾向於歐洲影片，一片楓葉，一個寧靜的湖面，以及一隻破盆子，都含蘊著濃厚的象徵意味的處理。在分析該片的象徵手法之前，我們不妨先看下它的劇情。

一對中年夫婦和兩個孩子組成的中產階級家庭，原本過得十分的融洽愉快。可是自他們的大兒因帆船失事，落海溺死以後，家庭間歡樂便開始蒙上一層陰影。電影的故事也就從這裏開始。因為這個死去的孩子是個游泳好手，為他的家庭贏得不少榮譽，一座座獎牌獎杯陳列在他生前的房間。在他的父母和師長、同學的心目中，他簡直是個無人能勝得過他的英雄。再加上他的母親，是個愛慕虛榮的人，唯有這個孩子才能給她帶來心理上的滿足。相反的，她的丈夫是個十分務實的生意人，由提摩斯赫頓主演的二兒子，也是個平實而知足常樂的青年。他們自然無法取代死去的孩子在他母親心中的地位，而那個正在成長中（中學生）的二兒子，因為要使母親歡心，獲得如哥哥生前曾經享有過的母愛，便在學業以及課外活動如游泳等方面加倍的努力，希望能有好成績出現，以悅母心。但是始終是力不從心，事與願違，使他的信心全失，精神崩潰，甚至自殺獲救以後，還是得不到他母親的關心。他的父親看在眼裏，經過一夜的回憶與思考之後，終於發現他的妻子根本不愛她的孩子，包括他們死去的孩子，她懷念這個死去的孩子，只是懷念他那些贏回來的獎杯而已。這又是從那裏得到的印證呢？是從赴兒子的喪禮的那一天，照理既然是赴兒子的喪禮，悲痛都來不及，那還有心情管到別的。可是他的妻子卻要他換上白色的襯衫，結上領帶，整整齊齊，漂漂亮亮的出門。這種行為那裏是對兒子的愛，又那裏是對丈夫的體貼和關心，簡直是自私得可怕。與其與這種自私的人長久的生活在一起，還不如早一點離開的好。因為「自私」和「虛榮」都是無底洞，你既然永遠沒有法子滿足對方，你就永遠得不到對方的愛和關心。因此，他便向他妻子表示自己無法再與她生活下去，他妻子第二天一早提著行李回家，爺兒倆則坐在化雪的門前階梯上，抱在一起，互說著「我愛你」，而結束此劇。

基本上，這個自私的妻子，這個愛慕虛榮的母親，就是一個大的象徵。女人在家庭中，是個掌握實權的人物，是家庭的主宰，這裏面要包括愛和精神的鼓勵，男人在家庭中所處的地位，如劇中的丈夫一樣，只是個協調者。因此，在美國那個一切由工商業的高度繁榮主宰的社會，這個母親，可以是那個社會的化身。因為工商業社會高度發展的結果，如果沒有深厚的文化作基礎，必定是個虛而不實的社會（劇中的母親，就不曾學過三角，沒有讀過什麼書。但她能打高爾夫球）。對年輕人的影響也分兩類，一是急功好利型，這種人容易得到這個社會的寵愛，如劇中的大兒子。二是絕望和喪失自信。這種人都是比較平實，不容易得到社會的青睞，甚至為社會所遺棄，如劇中的二兒子。

這個母親也可以是政客的化身，因為政客所重視的，是表面工夫，而且為人虛偽。她不會真心的待你，也不會了解你的真心。如劇中的孩子在心理醫生處抱怨他的母親說，母親只管他的衣著，臥房是否整理整潔，功課是否班裏最好的，至於其他一概不管不問。

又如他對他的女同學說，為什麼在精神病院就可以坦誠的說話，而出了醫院就不行。女同學回答說，那是因為在醫院。這裏又有一層象徵的意思，即我們的社會虛假得快到病入膏肓的地步了，必須進醫院或住院好好治療不可。

在劇中只有出現幾個回憶的鏡頭的那個被海水淹死的孩子，在他的身上亦可以找到多種的象徵：第一、他是他母親愛慕虛榮所要追求的東西，只有他（虛榮）才能滿足她，一旦失去了他，她就和她生存的環境變得十分的陌生，陌生得彼此都不能容納對方了。第二、他的死是這個社會害了他。因為過去他是個「善游」者，被大家視為了不起的「英雄」。在他心中播下這種驕傲的種子之後，便認為自己是永遠「淹不死」的人，於是在他翻船的時候，他的弟弟伸手去救他，他反而自己鬆掉手。因為他覺得他是「英雄」，不能接受別人的救援。但是大海（社會）要埋葬你的時候，那裏是在小小游泳池（家庭、學校，或小型團體構成的小型社會）裏獲得的幾塊獎牌能抵擋得住。第三、真正的強者還是他弟弟，而不是他。他的弟弟在船覆的時候，攀住了防堤的一塊板（紮實的人生）而獲救，不像他在水裏亂游而被淹死。

他弟弟厭惡「游泳池」的緊張生活，要離開他的競爭隊伍的時候，與教練說的一句話，也是很有意思的，他退出這個競爭的環境，不但不會影響他的生活，反而可以減少緊張，過他的平靜生活。臨走時，曾經都是他的「同游者」罵他怪人，他的反應卻是冷冷的，不作任何的抗辯或解說。

再次是劇終前，當女主人提著行李乘計程車離開之後，爺兒倆跌坐在門前化雪的階梯上的幾個鏡頭。化雪是象徵那個自私的女人離開。而周圍稍遠的雪景，是象徵往後的這個家的寒冷的情景，生活在這個環境中的人，必須抱在一起彼此取暖，才能抗寒，才能使積雪繼續溶化。

片中的象徵手法也不是全好的，也出現幾筆敗筆，如它用破了的盆子，可以修補回原狀，來象徵破碎的家庭的重建，就是陳腐和俗套。這是我們中國去的「文化」，這樣的比喻，我們中國的藝術家都不用了，它再拿來用，至少在我們中國人看來，會覺得很不自在，沒有什麼新奇感。

因此，最後我要說的是，象徵手法如果不是高手，用得不好，就會流於低俗的比喻。要曉得，比喻和象徵是截然不同的兩種境界。象徵是要將情化於景，讓景來寫情。比喻所求只是一個形容詞，譬如說，花像女人，世事如過眼雲煙，時間如流水，源遠而流長等等，無絲毫藝術可言。「凡」片中除了少部分，多數的象徵手法都用得無懈可擊。當然，這類電影，導演手法再高明，沒有好的劇本的配合，也是徒然。因此，它得了導演獎，也必定會得劇情獎，道理就在此。

「輕薄短小」的空間

近年，關心臺灣文壇的人，總愛以「輕薄短小」四個字，形容臺灣文學的新貌，並表示對臺灣文學的失望。即使根本不了解實情的，一些附庸風雅之輩，也會拾別人牙慧，拿這幾個字，對臺灣的作家譏諷一番。因為，能有機會嘲笑別人，總和「輕薄短小」一樣的充滿快感。我卻常常因此而頗為不耐，故有藉此一說的衝動。

尤其令人不悅的，是臺灣的此一流行，在大陸也流行開來了。隨著臺灣作家訪問大陸，臺灣報紙副刊「輕薄短小」的文風，在北京、上海等著名都市的文化圈，也很普遍。新近，有位湖南作家來信，因為「六四」的政治因素，使他失去了工作，希望以筆名，寫些臺灣報紙副刊喜歡的「輕薄短小」的文章，寄臺灣副刊發表，賺點稿費生活。他原本是位十分嚴肅的作家，文學批評暨理論尤其好。如果不是迫於生活，不是聽說臺灣報紙的稿費優渥，他一向不屑於寫這種「輕薄短小」的文章。為了生活，為了迎合臺灣文壇的文風，我看得出他的無奈。而我讀了他的信，內心不也是同樣無奈！

「輕薄短小」的作品，其來有自。據我所了解，它的背景是這樣的：幾年前，文學刊物紛紛停刊，成名作家的作品，轉到副刊，副刊自然歡迎。可是文學評論以及實驗性較強的作品，副刊就難以收容了。而這類作者又多半頗具實學，作品雖尚停留在實驗階段，一旦實驗成功，就可能是位相當優秀的年輕作家。因此，某副刊主編就想出「輕薄短小」這樣一個一石二鳥的退稿「藉口」。我所謂的一石二鳥是，既能達到退稿目的，又不得罪人。對方接到退稿函，覺得自己雖然有滄海遺珠之憾，卻又不致逐「輕薄短小」之流，不但不生氣，還會感謝這位主編的愛護呢。這個退稿方法真是高明，不僅擋住了上述作家的「熱情」，對三四流作家的來稿，也可以這種「高帽子」避免對方的不悅。

從此，「輕薄短小」的作品就充斥文壇了。

「輕薄短小」四字，依我看，問題出在「輕薄」，而不在「短小」。「短小」是形式，「輕薄」是內容。文學作品的優劣，不在於篇幅的長短，希臘的千行史詩是偉大的作品，中國的小令同樣也可以不朽。在現代作家中，梁實秋先生的散文，是大家最喜歡讀的，但他很少長篇大論，所以他的文章簡練明快，極少廢話。我們常見的「輕薄」是，寫愛情，只有性愛，沒有情趣；寫戰爭，只有故事，沒有人性；寫小品，只有謾罵，而無幽默；寫鄉土，只有方言，而無泥香，像黃春明的《鑼》已成絕響了。所以該副刊主編，雖為退稿找藉口，將時下的文學作品，以「輕薄」兩字來形容，但也不是完全沒有根據的。報紙是大眾媒體，報紙副刊是大眾讀物，但是大眾的定義不是「低俗」，也不是「輕薄」。如何將「輕薄」變為「厚重」，是今後編者和作者，都應該努力的。

我的感覺是，目前臺灣文壇，和二三十年前比較，落寞有之，但風格的改變並不大。一種文風，經過二三十年時間的遷移，仍無改變，仍是沿襲前人步伐，走同樣的一條大街和山路，描述同樣的風景，估不論「輕薄」如何，這個文壇，真的是值得人擔憂了。

「總統會見青年作家」緣起

昨天，民國八十三年十月十四日下午，「總統會見青年作家」，暢談兩個多小時，一國元首與青年作家們談文學、談生活、談成長經驗，這是史無前例的一項創舉，不僅中國過去沒有過，即使西方國家也從未聽聞。

這項活動是《中央日報》副刊策劃推動的，因此，就報業史而言，也是創歷史的新頁。忝為《中副》的工作者，我們感到無比榮幸。

我們將這次晤談的主題訂為：總統與青年作家共度一個「文學的下午」。主要是不希望談話內容受主題所囿。因為文學反映人生、反映現實，在這個主題之下，可以無所不談。

我為什麼要定位在年輕作家呢？因為年輕人意見多，和現實生活最接近，例如，總統想找個機會罵罵他們的「新新人類」，也只有年輕作家才能了解，才能向總統反應。

而關於這次活動的緣起，是這樣的：

今年春節前夕，我曾寫了封信給李總統，希望他能蒞臨中副「全國作家春節聯誼茶會」，向全國作家說幾句話，給終年孤寂耕耘奉獻文學的作家們一些鼓勵。我考慮到總統參加一家報紙的活動，可能有所不便，可能是最好的拒絕藉口，因此我建議不妨以黨主席身分。因為總統是中國國民黨主席，《中央日報》是中國國民黨所創辦、經營的報紙。黨主席支持《中央日報》，不僅適切，在媒體競爭如此激烈的情形下，確有其實際的需要。

那天總統雖然並沒有在「全國作家聯誼茶會」中出現，但從總統府方面得到的回應，是令人鼓舞的。總統的機要告訴我，「中副茶會」與文化總會所舉辦春節聯誼，兩者時間十分接近，前後只差幾天，同時性質也很雷同。明年吧，明年再說。

這種友善而親切的口吻，而非冷冷的一句「不可能」，使我深深的感覺到，現在的總統府確是相當人性化的總統府了，與過去給人的印象是冷漠的「宮殿式」的總統府，已截然不同了。

在有人性化的地方，我們見到了活力。

我就是在這種友善的氣氛鼓勵下於九月二十一日投出去第二封信。

前不久，《中副》「這一對」專欄，刊出一篇專訪中央銀行總裁梁國樹的文章。梁先生是李總統的學生和好友、財經智囊，在李先生出任總統之前，兩人一同出遊的機會甚多，因此留下許多值得紀念的鏡頭。那天《中副》便刊出一張李總統伉儷與梁總裁伉儷一同遊湖的照片。兩人乘坐一條船，照片中的李總統嘴上銜著一支比香煙稍長的濾嘴，濾嘴上的那支香煙是剛插上去的，所以很長、很明顯，李總統的模樣也顯得特別的逗趣。遇到可看性如此高的照片，我們自然以最顯著的位置，最大的篇幅刊出。第二天，一般的讀者反應之佳，感受之深自不在話下。而據說，總統自己看到了，也為之捧腹。相信他自己早已忘記年輕時曾留下過這樣一個鏡頭了。

這件事，使我確信李總統對《中副》並不陌生。而尤其使我確信，圖片中所顯現出來的李總統幽默的性格，他絕不會拒絕親近文學家。所以我便開始尋找適當的機會，致函李總統，建議由《中副》邀約一批年輕作家，去向他作一較長時間的訪談。

機會來了。

*

九月十二日，總統接受《民生報》的專訪。老實說，我非常的羨慕。看過報導之後，我更不禁自問，這不就是「中副」要作、該作的嗎？習慣上，看到這種與自己工作相近的事時，我總會職業病發，把它拿來細細的檢討一番。因此頓時在我的腦海閃出一幅畫面：一群年輕男女作家分坐在總統的兩旁，不時靜靜的聽著總統分析問題，又不時問一些為什麼這個社會發生的許多事端和現象，總是和他們的認知、或想像的有那麼大的差距等等。我甚至相信，即使別人已經問過的問題，經由這些年輕作家再次提出發問，其效果、其意義，可能完全不一樣。因為作家是社會的代言人，公信力大於一般記者。

我又在九月十八日出版的《新新聞》上，看見報導總統在官邸接見演員陳松勇和劇作家吳念真，聽他們談電影電視意見的文章。在短短幾天的時間內，總統一連串接見這麼多文化界人士，聽取他們對文化的各項意見和訪問。我認為他們已為我要訪問總統的事營造出一個良機，此刻的李總統也許正有話要向大家說，正有事想問問大家。所以我說，我的機會來了。

*

九月廿日是中秋節，我便利用秋節假期寫了信。雖然信尚未寄出，雖然總統是否願意接受我們訪問尚很難卜，但已有一大堆問題在我的腦海裏翻騰。譬如近些年從國外回來的，加上國內畢業的博碩士，一年就有五六千人，因此出現嚴重的謀職困難問題。總統有次在中常會中，也曾表示憂心和關切。想請問總統政府可已有單位在研擬解決方案？又，教育問題近年層出不窮，所謂「性騷擾」案發生以後，師生關係淪為止於知識的買賣，長一輩的那種父子般的師生情誼，已不復再見。總統是學界出身，很想聽聽他的看法。

＊

廿一日清晨，我便快遞寄出了信。心想，如一週內沒有回音，我還是會打電話去查詢消息。

結果卻出乎我意料的好。回來的消息，也出乎我意料的快。第二天，廿二日上午九時許，報社編政組曹小姐來電話，說總統府發言人室有位丁先生有急事找我，要我馬上與他連絡。我心想一定是吹了，不然不會這麼快就會有結果的。而事實卻恰恰相反，總統答應了。

丁先生在電話中告訴我，我的信總統看到了，總統也正有此想法，可謂是不謀而合。他說時間可望在雙十節以前，也有可能在十月中旬，希望我即著手草擬一份作家人選名單。我們並約定第二天中午見面，進一步商議此事。

丁先生也是出身新聞界，給我的第一印象是，年輕、外型挺拔、言談誠懇而機智，深諳「言多必失」的道理，本事以外的事絕不置一詞，十分守分。見面時，他將昨天電話中的話重覆了一遍，然後說，總統十分關心作家的生活收益問題，他曾舉了個實際的數據，國內畫家的收入，一年超過三百萬的，已有好幾十位，而作家能靠稿費、版稅生活的，可能寥寥無幾。這其實也牽涉出版問題，出版不僅關係作家的收益，也關係文化的發展。丁先生又說，對「新新人類」這個族群，這個名詞，常聽總統提起，顯然是總統很希望談論的一個話題。主要是總統太關心青少年問題了。

丁先生一再強調這是第一次嚐試，所以我們也更加的戰戰兢兢。

三民叢刊書目

①邁向已開發國家　孫　震著
②經濟發展啟示錄　于宗先著
③中國文學講話　王更生著
④紅樓夢新解　潘重規著
⑤紅樓夢新辨　潘重規著
⑥自由與權威　周陽山著
⑦勇往直前
　・傳播經營札記　石永貴著
⑧細微的一炷香　劉紹銘著
⑨文與情　琦　君著
⑩在我們的時代　周志文著
⑪中央社的故事（上）
　・民國二十一年至六十一年　周培敬著
⑫中央社的故事（下）
　・民國二十一年至六十一年　周培敬著
⑬梭羅與中國　陳長房著
⑭時代邊緣之聲　龔鵬程著
⑮紅學六十年　潘重規著
⑯解咒與立法　勞思光著
⑰對不起，借過一下　水　晶著
⑱解體分裂的年代　楊　渡著
⑲德國在那裏？（政治、經濟）
　・聯邦德國四十年　郭恆鈺、許琳菲等著
⑳德國在那裏？（文化、統一）
　・聯邦德國四十年　郭恆鈺、許琳菲等著
㉑浮生九四
　・雪林回憶錄　蘇雪林著
㉒海天集　莊信正著
㉓日本式心靈
　・文化與社會散論　李永熾著
㉔臺灣文學風貌　李瑞騰著
㉕干儛集　黃翰荻著

㉖作家與作品　謝冰瑩著
㉗冰瑩書信　謝冰瑩著
㉘冰瑩遊記　謝冰瑩著
㉙冰瑩憶往　謝冰瑩著
㉚冰瑩懷舊　謝冰瑩著
㉛與世界文壇對話　鄭樹森著
㉜捉狂下的興嘆　南方朔著
㉝猶記風吹水上鱗　余英時著
・錢穆與現代中國學術
㉞形象與言語　李明明著
・西方現代藝術評論文集
㉟紅學論集　潘重規著
㊱憂鬱與狂熱　孫瑋芒著
㊲黃昏過客　沙　究著
㊳帶詩蹺課去　徐望雲著
㊴走出銅像國　龔鵬程著
㊵伴我半世紀的那把琴　鄧昌國著
㊶深層思考與思考深層　劉必榮著
・轉型期國際政治的觀察
㊷瞬　間　周志文著
㊸兩岸迷宮遊戲　楊　渡著
㊹德國問題與歐洲秩序　彭滂沱著
㊺文學關懷　李瑞騰著
㊻未能忘情　劉紹銘著
㊼發展路上艱難多　孫　震著
㊽胡適叢論　周質平著
㊾水與水神　王孝廉著
・中國的民俗與人文
㊿由英雄的人到人的泯滅　金恆杰著
・法國當代文學論集
(51)重商主義的窘境　賴建誠著
(52)中國文化與現代變遷　余英時著
(53)橡溪雜拾　思　果著
(54)統一後的德國　郭恆鈺主編
(55)愛廬談文學　黃永武著
(56)南十字星座　呂大明著
(57)重疊的足跡　韓　秀著
(58)書鄉長短調　黃碧端著
(59)愛情・仇恨・政治　朱立民著
・漢姆雷特專論及其他

⑥⓪蝴蝶球傳奇　顏匯增著
・真實與虛構
⑥①文化啓示錄　南方朔著
⑥②日本這個國家　章陸著
⑥③在沉寂與鼎沸之間　黃碧端著
⑥④民主與兩岸動向　余英時著
⑥⑤靈魂的按摩　劉紹銘著
⑥⑥迎向眾聲　向陽著
・八〇年代臺灣文化情境觀察
⑥⑦蛻變中的臺灣經濟　于宗先著
⑥⑧從現代到當代　鄭樹森著
⑥⑨嚴肅的遊戲　楊錦郁著
・當代文藝訪談錄
⑦⓪甜鹹酸梅　向明著
⑦①楓香　黃國彬著
⑦②日本深層　齊濤著
⑦③美麗的負荷　封德屏著
⑦④現代文明的隱者　周陽山著
⑦⑤煙火與噴泉　白靈著
⑦⑥七十浮跡　項退結著
・生活體驗與思考
⑦⑦永恆的彩虹　小民著
⑦⑧情繫一環　梁錫華著
⑦⑨遠山一抹　思果著
⑧⓪尋找希望的星空　呂大明著
⑧①領養一株雲杉　黃文範著
⑧②浮世情懷　劉安諾著
⑧③天涯長青　趙淑俠著
⑧④文學札記　黃國彬著
⑧⑤訪草（第一卷）　陳冠學著
⑧⑥藍色的斷想　陳冠學著
・孤獨者隨想錄
⑧⑦追不回的永恆　彭歌著
A・B・C全卷
⑧⑧紫水晶戒指　小民著
⑧⑨心路的嬉逐　劉延湘著
⑨⓪情書外一章　韓秀著
⑨①情到深處　簡宛著
⑨②父女對話　陳冠學著

93陳沖前傳　嚴歌苓著
94面壁笑人類　祖　慰著
95不老的詩心　夏鐵肩著
96雲霧之國　合山　究著
97北京城不是一天造成的　喜　樂著
98兩城憶往　楊孔鑫著
99詩情與俠骨　莊　因著
100文化脈動　張　錯著
101桑樹下　繆天華著
102牛頓來訪　石家興著
103深情回眸　鮑曉暉著
104新詩補給站　渡　也著
105鳳凰遊　李元洛著
106文學人語　高大鵬著
107養狗政治學　鄭赤琰著
108烟　塵　姜　穆著
109河　宴　鍾怡雯著
110滬上春秋　章念馳著
111愛廬談心事　黃永武著
112吹不散的人影　高大鵬著
113草鞋權貴　嚴歌苓著
114是我們改變了世界　張　放著
115夢裡有隻小小船　夏小舟著
116狂歡與破碎　林幸謙著
117哲學思考漫步　劉述先著
118說涼　水　晶著
119紅樓鐘聲　王熙元著
120寒冬聽天方夜譚　保　真著
121儒林新誌　周質平著
122流水無歸程　白　樺著
123偷窺天國　劉紹銘著
124倒淌河　嚴歌苓著
125尋覓畫家步履　陳其茂著
126古典與現實之間　杜正勝著
127釣魚臺畔過客　彭　歌著
128古典到現代　張　健著
129帶鞍的鹿　虹　影著
130人文之旅　葉海煙著

⑬① 生肖與童年

小民 著
喜樂 圖

十二生肖在每個農曆新年來臨時，都為年節的歡樂帶來一股高潮。這些可愛的動物們，為童年的生活增添了無限的趣味。本書紀錄了作者對於十二生肖的情感，和童年難忘的美好時光。加上喜樂先生細膩的插畫，讓生肖與童年的故事，一一鮮活起來。

⑬② 京都一年

林文月 著

京都是一個新舊互容的都市，有著高樓矗立及寬敞的街道，又存有古典風味的低矮木屋與不平的石板路。作者在京都的一年中，品味著這古都對文化保存、人情往來及文藝活動的諸般樣態，藉由她的生花妙筆，使讀者沈湎於京都典雅、優閒的情調。

⑬③ 山水與古典

林文月 著

山水景致，勾起了幾許文人的多愁善感；而古典文學，又蘊含著多少古人的人生情懷。本書探討著古典作品和詩人之間的關係。筆調輕鬆而不輕浮；題材古典絕不枯燥。且邀您一同進入詩人的筆墨之間，翱遊在山水作品的世界裏。

⑬④ 冬天黃昏的風笛

呂大明 著

旅居法國的作者呂大明女士，以其一貫典雅柔美的風格和精致細膩的筆觸，表達出她對生活、自然的樂觀態度。她如詩般的作品，仿如一幅幅精美瑰麗的圖畫，靜靜地訴說著對美好人生理想的浪漫情愫。

⑬⑤ 心靈的花朵

戚宜君 著

本書作者一生從事文化的傳播工作，積累數十年的工作經驗及閱讀習慣，創作出一篇篇詞美意深的勵志散文。除了用以傳達理性的知識和感性的情懷外，並深切期望本書能敲開你的心扉、溫暖你的心靈，進而耕耘你的心田，綻放出美麗的心靈花朵。

⑬⑥ 親 戚

韓 秀 著

人間真情不分種族國界；世間的溫暖存在每一角落。在有風有雨的日子裡，亦或在恬淡如鏡的歲月中走過，是否有如詩般美麗的故事令人難以忘懷？是否忘了去感激那些曾經陪著你、關懷你的人呢？靜下思慮，就讓韓秀的慈心慧語洗滌你久未感動的心。

⑬⑦ 清詞選講

葉嘉瑩 著

清詞之盛，號稱中興，其作者之多、流派之盛，以及其對詞集之編訂整理，對詞學之探索發揚，種種方面之成就，固已為世所共見。作者以其豐富的文學涵養，旁徵博引地賞析其所鍾愛的清詞，相信定能讓讀者流連忘返於清詞的世界中。

⑬⑧ 迦陵談詞

葉嘉瑩 著

本書為以詩詞涵養享譽國內外的葉嘉瑩教授，繼《迦陵談詩》之後又一精緻力作。從詩歌欣賞入門到分析溫韋馮李四家詞風，兼論晚唐五代時期在意境方面的拓展等，作者以其細膩的詩心，帶領讀者一起感受詞中的有情天地。

⑬⑨ 神樹

鄭　義　著

曾以《老井》獲東京影展最佳編劇的作家鄭義，在因八九民運遭當局通緝而流寓異國之後，他以一個村落、一棵「神樹」，具體而微地映現當代中國的重重劫難。形象化的語言，原始潑辣的書寫，在魔幻詭麗的背後，透露出對生命與死亡的真實關懷。

⑭⓪ 琦君說童年

琦　君　著

每個人都有童年，不管是苦是樂，回憶起來都是甜美的。善於說故事的琦君，與您一起分享她魂牽夢縈的故鄉與童年。篇篇真摯感人，字裡行間充滿了愛心與情義，在欣賞琦君的散文之餘，更別有一番溫馨感受，是一本老少咸宜的好作品。

⑭① 域外知音

張堂錡　著

本書作者張堂錡先生歷年來針對世界各國知名漢學家進行訪談，透過感性的筆觸，生動的文字敘述，道盡了這群域外知音漢學研究生涯的甘苦，因這一路執著不渝的採拾和耕耘，呈現繽紛絢麗的色彩，並給予中國人新的研究觀點，重新檢視自己的文化。

⑭② 遠方的戰爭

鄭寶娟　著

當地理上應該是遠方的戰爭，而我們已能同步掌握其狀況時，地球村的思維方式已不是口號，而是現實。以更宏大的視野看待這世界，以更深入的態度反省既存的觀念，將曾經事不關己的遠方納入思維，於是你會發現心可以更寬廣，生活也會更豐富。

⑭³ 留著記憶・留著光

陳其茂　著

作者的刻畫世界總讓人有無盡想像的空間，又傳遞著溫馨美麗的情感。此書收錄作者生活及其於國外遊歷時所記下的作品，點點滴滴，時而讓人會心一笑，時而讓人溫情滿懷，更有異國風光、園野之美呈現在版畫及真摯的文字裏，值得細細品味。

⑭⁴ 滾滾遼河

紀　剛　著

那是個遙遠的年代，那是個古老得近乎神話的故事。大時代的洪流中，上演的是一幕幕民族興亡、兒女情長。今日的人們也許早已淡忘，但歷史永遠不會忘記他們。就讓本書來為你溫習，屬於那個時代的中國人以血淚寫成的不朽傳說。

⑭⁵ 王禎和的小說世界

高全之　著

以〈嫁妝一牛車〉、〈人生歌王〉等小說及劇本著稱於世的王禎和，擅長描繪臺灣社會中的倫常、愛情，以及患難互助的友情，筆觸真實感人，在臺灣文學史上有很重要的地位。本書以專業的分析及討論，帶您進入這位文學巨擘的筆下世界。

⑭⁶ 永恆與現在

劉述先　著

本書為當代思想泰斗劉述先教授，繼《哲學思考漫步》之後又一結集力作。透過文字，讀者不僅可以了解作者如何通過自己的哲學理念去面對當前政治社會的現實；更有甚者，也可在作者哲學思路的引領下，重新思考，再對現實有深一層的體悟。

⑭⑦ 東方．西方

夏小舟 著

東方古老神祕而透徹，溫情而淡漠；西方快樂的吉他演奏悲情的歌。長年浪迹於日本與美國的作者，如同一葉小舟，以其豐富的情感，敏銳地觀察異國生活情趣不同面貌，進而以細膩文筆記錄下來，使讀者能藉由閱讀和其心靈有最深切的契合。

⑭⑧ 嗚咽海

程明琤 著

作者以行世的闊步、觀想的深情，帶領讀者閱歷世界——一同憑弔瑪雅文明的浩劫災難；吟咏廬山的懸松傲柏；繫情塞歌維亞的夕輝斜映；漫遊唐吉訶德的故鄉。更以人文的關懷，心靈的透悟來探思文化、體驗人生、拓昇智慧。

⑭⑨ 沙發椅的聯想

梅新 著

擔任中副總編輯多年，梅新先生經歷了文化界的春去秋來，看多了人事的起伏，由他敏銳的觀察力所發抒成的文字，也更能扣緊時代脈動。本書包含作家訪談、藝文評論、生活自述，透過這些真摯生動的文字，我們彷彿見到一幅筆觸淡雅的文化群相。

⑮⓪ 資訊爆炸的落塵

徐佳士 著

在日新月異的電動玩具之外，您是否亦曾留意到資訊時代來臨在你我生活中所產生的新情境？在傳播媒體提供的聲光娛樂之餘，您是否關心其後所產生的文化衝擊？本書深入淺出為您剖析資訊社會中大眾傳播激盪下的文化省思，值得您細心體會。

⑮1 沙漠裡的狼

白樺 著

像在冷冽的冬夜裡啜飲著濃烈的茶，感受一種在蒼茫大地上，心海澎湃的震顫。那麼地古老、深沈，剎時間，恍若置身廣闊的大漠，一回首，就是長城。這是金鼎獎作家又一直指人性，內容深刻的作品，請您在一個適合沈思的夜晚，漫步中國。

⑮2 風信子女郎

虹影 著

一本能深刻引起讀者共鳴的小說，其必然與人世現實生活有著緊密的關連。本書作者秉持著對人的命運的關切，遠勝於對以往藝術形式的關注，賦予了文學創作的生命。從本書作者對人物刻劃描述的過程中，可窺知作者對此一理念的堅守。

⑮3 塵沙掠影

馬遜 著

生命的旅途中，有許多可掌握的機運，但似乎一半早已註定……。馬遜教授從故鄉到異國求學，最後來臺定居，繼而與佛結了不解之緣。滿懷豐富的情感，細膩的筆觸，深刻的寫下了旅赴歐美等地之點滴情事，而念舊懷恩之情愫亦時時浮現於文中。

⑮4 飄泊的雲

莊因 著

歲月的洗禮，在人們內心深處烙印著痛苦、悲哀、快樂與美好的回憶。由於時代的變動、戰爭的摧折，作者歷盡滄桑的輾轉遷徙，使那些漂流不定、幻化多變的過往，煥發出人生的智慧。就讓我們乘著飄泊的雲，領會「知足常樂，隨遇而安」的生活哲理。

國家圖書館出版品預行編目資料

沙發椅的聯想／梅新著.--初版.--臺
北市：三民，民86
面；　公分.--(三民叢刊;149)
ISBN 957-14-2581-8（平裝）

855　　　　86003595

國際網路位址　http://sanmin.com.tw

著作人　梅　新
發行人　劉振強
著作財產權人　三民書局股份有限公司
臺北市復興北路三八六號
發行所　三民書局股份有限公司
地　址／臺北市復興北路三八六號
電　話／五〇〇六六〇〇
郵　撥／〇〇〇九九九八——五號
印刷所　三民書局股份有限公司
門市部　復北店／臺北市復興北路三八六號
重南店／臺北市重慶南路一段六十一號
初　版　中華民國八十六年五月
編　號　S 85342
基本定價　叁　元
行政院新聞局登記證局版臺業字第〇二〇〇號

ISBN 957-14-2581-8（平裝）